文芸社セレクション

トイト

～ベテラン警察犬と新米ハンドラー奮闘記～

芳村 健二

YOSHIMURA Kenji

文芸社

目次

トイト

——トイトっ!!

遠くで僕を呼ぶ声が聞こえる。いつもの聞き慣れた声だ。

どうゆうわけか声は聞こえるのに姿が見えない。体は深く深く、海の底に沈んでいくような、なんとも言えない脱力感と、混濁していく意識。

「トイト!」

今度ははっきりと聞こえた。

大丈夫、心配しないで。少し疲れたから眠るだけだよ。

なんで泣いてるの?

少し寝て、起きたらまた一緒に走ろう。

そう、僕たちはいつも一緒だよ。

頭を抱き抱えられ、ヨシの温かく湿った体温を感じながら僕はヨシと歩んできた日々を思い出していた。

出会い

僕の名前はトイト。

ジャーマン・シェパードのオスで、今年で4歳になる。毛色は黒に近い灰色で、胴には少し斑模様がある（この毛色を人間は〝ウルフ〟と呼ぶらしい）。体重は先週の測定で35kgだった。体の割に頭が少しだけ大きく、自分でもハンサムだとは思わないけど、小熊のような風貌で、ハンドラーの仲間や近所の子供たちからは人気がある。この訓練所に来てから既に3年。僕は警察犬として育てられ、事件の現場にも数多く出動している。今、働き盛りの年頃なのだ。

僕の相棒――ヨシは、先月からこの訓練所に配属されたばかりの新米ハンドラーだ。犬が好きだということは、ニオイでわかる。ただ、ハンドラーとして最大の欠点が、「犬」という動物についてあまりにも無知であるということだ。

〝相棒〟とあえて呼んでいるが、実を言えば僕は〝教育係〟だ。ヨシを一人前のハンドラーにするための。

僕の本当の相棒は、イシさんというベテランのハンドラーだったけど、この前お別れしたんだ。イシさんはもうすぐ定年退職するから、それまでに新しく入ったヨシを育ててあげなきゃいけない。

イシさんはそう僕に言って「よろしく頼むよ」と僕の頭を優しく撫でたんだ。

ヨシの訓練はつまらない。いつも怒鳴ってばかりで耳がキンキンする。そんなに大きな声で叫ばなくても、十分過ぎるほど聞こえてる。君の何倍の聴力があると思っているんだ。誰に教わったのか知らないが、僕のことを力でねじ伏せようとする。

リードで僕のことをグイグイ引っ張ったり、怖い顔で大声を出したり。そんなことされると、誰だって嫌になるし、〝そんなやり方は間違ってる！〟と伝えても、ヨシは僕のことを理解しようとしなかった。

僕たち犬は、一瞬でわかってしまう。この人は、自分にとって敵か、味方か。

守るべき存在か、守ってくれる存在か。

ヨシは、確かに敵ではないけど、僕のことを守ってくれるかと聞かれたら、答えはノーだ。

まだまだイシさんみたいに頼れる存在ではないし、いざという時は僕の方が強い。

犬は、無益な争いを避けるために、瞬間的に、本能的に、相手を見定める能力を持っている。

ヨシは体は大きいけれど、その体から自信の無さが滲み出ていて、それを隠すために大声を張り上げているようだった。――そう、弱虫な犬のように。僕はヨシのことをナメてたわけじゃない。いざ、という時は僕が彼を守らなきゃいけないと感じたから。そして、イシさんとの約束があったから。

そして僕はヨシに試練を与えたんだ。

僕はヨシの命令が聞こえないフリをした。なぜかと言うと、ヨシの命令はヘタクソで、声の大きさ、タイミング、発音が情けないほどに的外れで、一貫性が無い。なんとなく言いたいことはわかるが、ここで甘やかしてはいけない。僕は聞こえないフリを決め込んで、命令を無視した。でもたまに（30回に1回くらい）いいタイミングで命令が出る。〝そうだ！　それだ！〟と叫ぶ代わりに、僕は間髪入れず命令に従った。

これで摑んでくれるだろうか…

伝わってくれるだろうか…

犬のことを分かっていない人間にメッセージを送っても、伝わることの方が奇跡だ。

僕の期待をよそに、ヨシの成長は亀より遅い。イシさんも呆れ顔だ。

ハンドラーを夢見る人間は多いが、一人前のハンドラーになれるのは限られた人間だけだ。

ほとんどが挫折し、志半ばで夢を諦める。ヨシもその1人だろうか。けれど、そうさせるわけにはいかない。ヨシを一人前にすることが、僕とイシさんの使命だからだ。挫折したらヨシが悪いのではない。一人前に育てられなかった僕とイシさんの力不足だったと言うことになってしまう。

ベテランのイシさんと、その相棒であった僕の使命は、自分たちの実績ではなく、優秀な後継者を育てることなんだ。

訓　練

「トイト、スワレ！――スワーレ！――スワレー!!」

人間という生き物はなんて物覚えが悪いんだろう。いや、ヨシに限ったことなのか？

あまりのセンスの無さに全身の力が抜ける。気を張っていないと膝から崩れ落ちそうになるほどだ。

命令には、声で指示を出す「声符（せいふ）」と、ジェスチャーで指示を出す「視符（しふ）」がある。

僕はいつだって命令に従うため、ヨシが出すサインを見逃さないように、聞き逃さないように集中している。だからヨシが何を命令しようとしているかはもちろん理解しているけど、曖昧な命令に従うようになると、複雑な場面で命令が伝わらなかったり、普段の何でもない動作が命令なのかそうでないのか、見分けるのに苦労することになる。だから僕はきちんとした命令が出せるまで従わないことにしている。

そしてヨシは今、声符の練習中なのだが、発音が一定にならず、いつもイントネーションがおかしい。きっと歌を歌わせても下手クソに違いない。

まずは声符、視符を完璧に覚えて、はっきりと命令できることが第一の課題だ。それができないと現場にも出られない。

声符の基本は、①スワレ（停座）②フセ（伏臥）③タッテマテ（立止）④ヤスメ（休止）⑤マテ（待機）⑥コイ（招呼）だ。

視符は、それぞれ手や指の動きでサインを出す。これを毎回同じ声符・視符が出せるようになるまで繰り返し訓練する。この声符・視符は、脚側（ハンドラーの左側）に帯同している時と、遠く離れた場所からの遠隔指示の2種類あり、全てを完璧にできなければならない。

つまり、犬の訓練に入る前に、きちんと命令が出せるように、人の訓練が大事だということだ。

ヨシは声符、視符の訓練だけに、約3ヶ月かかった。そしていよいよ本格的に僕と二人三脚（正しくは人犬六脚）での訓練が始まったのだ。

基礎訓練に時間をかけただけあって、ヨシの動作は格段に良くなった。そして何より、彼の体から出る〝自信〟というオーラが徐々に見え始めていた。

しかし、ハンドラーへの道はそう簡単ではない。人間の動きが一通り出来上がっても、犬が帯同するとまた難易度が上がる。どうしても犬を従わせたいと意識するあまり、本来は人間が主導しなければならないのに、人間が犬に合わせてしまうのだ。

ハンドラーは、犬を視界に入れるが、見てはいけない。

昔、僕たち犬の祖先であるオオカミは、群れを作って狩りをしていたという。言葉での意思疎通ができない彼らは、α（アルファ）（リーダー）の動きや視線を頼りにフォーメーションを組み、獲物を追い詰める。追うもの、逃げ道を塞ぐもの、先回りして待ち構えるもの、群れの中でそれぞれの役割があり、無言の作戦を完璧に遂行するためには、αから絶対に目を離してはならない。自分勝手な行動は厳禁なのだ。狩りの失敗は、死に直結する。だから、自分や、群れを守るために秩序が必要であり、その秩序を守るためには優秀なリーダーが必要なのだ。

そのDNAが今も継承されているからこそ、リーダーは見られる存在であり、従うものは見る存在なのである。ハンドラーと犬の関係も同様で、一流のハンドラーは犬を不必要に見ないし、優秀な犬はリーダーの指示を逃さないようにハンドラーに注目し、意識を集中するのだ。

そんなわけで、ヨシと僕は今並んで歩いているのだけど、ヨシは僕のことを気にし過ぎて僕のことばかり見てくる。なんだか僕がリーダーになったみたいで少し偉くなったような気がする。よし、この場では僕がリーダーだ。僕についてこい！　と、前に飛び出した途端、イシさんの怒鳴り声が響いて、僕もヨシも揃って首をすくめた。

「犬に先を歩かせるな！　お前がリードしろ！」

そこでヨシは、僕を先に歩かせないようにするため、いろいろ考えたようだ。

一番参ったのが、リードでグイグイ引っ張られるやつだ。犬は後ろに引かれると抵抗して前に進もうとする習性があるのを知らないんだろうか。この習性を利用したのが〝犬ぞり〟である。ソリのスピードを上げたい時は、手綱をピンと張って犬にテンションをかける。すると、犬は抵抗して前進しようとするのだ。逆に手綱を緩めると、犬は自然とスピードを落とす仕組みだ。

ヨシがリードを引っ張るのが逆効果なのに気付いたのはしばらく経ってからだった。これだから犬を知らない奴は困る。まずは犬がどんなルーツで、どんな生物なのか勉強してから出直してこいと言ってやりたいものだ。

他には、棒を持って歩き出した時は後ろから咬み付いてやろうかと思ったよ。前に出たらそれで叩くつもり？　叩かれたくないから前には出ないけど、僕は棒に従っただけで棒の持ち主に従った訳ではない。そんなもの見せられて歩いてもちっとも楽しくないし、気分はダダ下がりだ。

なかなか楽しかったのは、大好きな野球ボールを使った訓練だ。ヨシはマジシャンみたいにボールを見せたり隠したりしながら器用に歩いてみせた。僕はヨシの手からボールがいつ落ちてくるのかと期待しながら見守ったが、結局のところ、僕はボールについて行っただけでヨシに従ったわけではなかった。棒にしろボールにしろ、持っていなければ怖くもなければ楽しくもない。おやつを使って、「馬にニンジン作戦」もなかなか良かったが、僕ら犬の鼻を何だと思っているのか。ボールもおやつも、隠してあっても匂いでわかる。そこにあるのか、無いのか。当然、有る時と無い時のパフォーマンスは違っていたし、さすがのヨシもそれには気づいたようだ。

僕たち犬は何をされたら喜ぶのか。大好きな人の笑顔と愛撫だ。簡単に言えば、ニコニコして撫で撫でしてくれれば、僕らは最高に幸せな気持ちになるんだ。少なくとも僕は。

訓練ではご褒美にボールやおやつなんかいらない。ヨシが笑顔で撫でてくれれば、もっと頑張ろうって思えるんだ。

発見

いろいろ試行錯誤した結果、ヨシは一つの結論に達した。

ヨシは、ある一点を中心に小さな円を描くように歩き出した。左回り（反時計回り）にグルグル回る。僕はヨシの左側に付いて歩くから、歩きづらいことこの上ない。少しでもヨシより前に頭が出ると、ヨシの膝がゴッゴッ当たるんだ。そこで僕は膝が当たらない場所まで下がってヨシについて歩いた。「お？ここなら膝が当たらないし歩きやすいぞ！」と思った瞬間、ヨシは「そうだトイト！　よくできたな！」と満面の笑みで体中の毛がボサボサになるまで撫でてくれた。

僕は一度体をブルッと震ってさっきの感覚を思い返した。「そうか、僕はいつも頭一つ分前に出過ぎてたんだ」そう理解して、「ヨシ、もう一回さっきのやろうよ！」と言う代わりに舌を出してヨシを見つめた。

ヨシの画期的な（？）訓練で僕はヨシの足元で歩くのが上手になり、そしていつの間にか僕はヨシの歩調に合わせて歩けるようになった。ヨシは歩いている最中はほとんど僕の方を見なくなったし、歩き方にも自信が見られるようになってきた。

僕はある日、ヨシの足から離れてはいけないというゲームを発明した。一緒に歩く時はヨシの左足にぴったりと体を付けて歩いた。ヨシは僕が勝手に考えたゲームを理解したのか、歩く速さを速くしたり遅くしたり、急に反転したり止まってみたりして僕を振り切ろうとする。僕は必死になって体を密着させて意識を集中するけど、失敗して足から離れてしまうと、僕の悔しそうな顔を見てヨシは悪戯っぽくニヤリと笑った。

僕たち犬は、走るのが大好きだ。そしてヨシも走るのが大好きなんだそうだ。僕たちは川沿いの土手道をよく走った。流石に足の速さでは負けないけど、〝あのゲーム〟の延長で、僕はヨシにぴったりくっついて走った。ヨシは走りながら天気の話をよくしてくれた。僕は天気が変わる時は遠くの雷の音や空気の湿り気、風が運んでくる雨の匂いでわかるけど、人間は耳も鼻も可哀想なほど鈍い。けれどヨシは空の色や雲の形で天気が予想できるということを教えてくれた。

僕たちは長い距離を一緒に走ったが、何よりも大好きだったのは訓練の終わりによくやった〝鬼ごっこ〟だ。ヨシは僕の大好きな麻を編んだおもちゃを持って全力疾走で逃げる。僕はヨシの後ろから全力の3割ほどの速さで追いかける。訓練所のグラウンドは広いとは言えないが、その中をグルグル走り回って、最後はヨシのお尻に体当たり。ヨシが派手に転んだところでおもちゃを引っ張りあって今度は綱引きをする。いつものパターンだけどヨシは毎回全力で走り回ってくれるし、毎回〝お決まり〟のように派手に転んでくれる。そしてこのゲームを心から楽しんでバカみたいに笑ってくれるのを見て、僕はとても幸せな気持ちになった。

その頃から、僕はヨシと訓練することが楽しみになり、徐々に息もぴったり合うようになってきた。

犬は相手の顔（表情）や動作、あと、相手から出る匂いで感情を読み取る。

緊張した顔、リラックスした顔、強張った体、自然体な動作、アドレナリンの匂い――色々な情報から相手のコンディションを感じ取り、コミュニケーションをとる。

犬と人という関係は、奇跡の巡り合わせだと僕は思う。犬は、動物界では珍しく、同族以外の動物とコミュニケーションがとれ、共存できる数少ない生き物だ。太古の昔から、お互いを必要とし、共存する努力を重ねてきたからこそ、現在の関係が築けているのだろう。

犬と人は、進化の過程では陸地で生活する哺乳動物ということ以外は全く違う生き物であるが、僕らは生まれた時から人と生活し、同じ空間で共存し、一生を終える。

僕は生まれて間もなく、生まれ故郷から離れてイシさんと共に訓練に励み、3年が過ぎた。僕は現役の警察犬として事件の現場に出動し、犯人を追うのが仕事だ。パートナーがイシさんからヨシに替わって、今はヨシが一人前のハンドラーになるために日々努力している。こう見えて僕だって色々悩むことはあるんだ。

犬、特に僕たちジャーマン・シェパードのような中・大型犬の寿命はだいたい10歳くらい。ヨシが早く一人前になってもらわないと、僕の体が持たなくなる。犬は人間の4、5倍の速さで成長し、そして老いる。僕には残された時間が少ないいんだ。

失　敗

僕とヨシのペアで現場に出るためには、越えなければならないハードルがいくつもある。まずは試験に合格すること。試験の種目は、服従・足跡追及・臭気選別・捜索などがあり、一定のレベルに達して〝合格点〟をもらえないと現場に出ることはできない。中でも一番大事なのは「服従」の科目だ。決められた動作（停座や伏臥など）を試験官の前で行うのだが、これがめちゃくちゃ緊張するんだ。

そして今日がその試験の日。いつもの訓練場が、試験となると雰囲気はガラリと変わる。ただでさえあがり症のヨシは試験の前からソワソワしてて、見るからに〝頭真っ白〟の状態なのがよくわかる。

極度の緊張は、良いパフォーマンスの最大の敵だ。緊張は、不安や自信のなさから来る。しっかり訓練してきたし、イシさんの太鼓判ももらったのに、ヨシの体からは出会った頃のような自信の無さが滲み出ていた。

僕はアゴを持ち上げてサインを送り、ヨシの緊張をほぐすために体をブルブルっと振るわせて「リラックスしようぜ」って言った。ヨシも僕の真似をして腕をグルグル回して大きく深呼吸した。が、深呼吸の途中でヨシは急にむせて咳き込んだ。「ダメだこりゃ」僕は完全に目が泳いでいる相棒をよそに、イシさんの姿を探した。こんな時イシさんがいてくれれば、ヨシの目が覚めるような一言を見舞ってくれるはずだ。だけどイシさんは試験の役員で大忙し。僕らのことに構っている暇などない様子だ。

そこで、僕は決心した。ヨシがダメ、イシさんにも頼れないのなら、〝僕が何とかしなきゃ！〟と腹を決めたんだ。

試験の結果は、いちいち披露するまでもないだろう。ヨシは緊張のあまり声は上ずり、ロボットみたいな歩き方、命令のタイミングもバラバラで、僕は一生懸命ヨシをリードしようと頑張ったけど、それがかえって良くなかったようだ。昨日までの訓練の1割も出すことなく撃沈した。

その日の夕方、すっかり落ち込んで食欲もなく、ふて寝している僕のもとへ、ヨシがやってきた。ヨシも相当ショックだったようだ。試験に合格できなかったことじゃなく、訓練の成果をほとんど出すことができず、僕とヨシの成長した姿をイシさんに見せられなかったことが一番悔しかったのだ。

ヨシは僕の犬舎に入ると、床にあぐらをかいて顔を伏せた。僕はヨシの隣に伏せ、膝にアゴを乗せた。上目遣いにヨシの顔を覗き込むと、ヨシの目からは涙が溢れていた。

リベンジ

次の日から、ヨシの目の色が変わったように見えた。いつまでもクヨクヨしてなんかいられない。僕らに必要なものはただ一つ。まだまだ未熟なペアだから、技術も経験もないけど、とにかく繰り返し訓練して〝自信〟をつけることだった。

自信の無さが不安に変わり、不安が極度の緊張を生む。それがそのまま試験で表れてしまったことは明らかだった。ヨシの良いところは、バカがつくほど正直で、クソがつくほど真面目なことだ。昨日の失敗を振り返り、イシさんに指示を仰ぎ、繰り返し訓練しながら自分流に変換することに余念がなかった。

僕は僕なりに、ヨシの〝研究〟にとことん付き合った。そして〝研究〟を通して僕は「犬」がどういう生き物なのか、体当たりで教えた。この時ほど言葉が喋れたら良いのにと思ったことはない。

僕らは同じ時間を積み重ねていく中で、だんだんお互いのことが分かるようになり、顔を見れば気持ちが通じるようになってきた。

次の試験まであと3ヶ月しかない。僕たちはリベンジを果たすべく、来る日も来る日も訓練した。

ヨシは、〝ベテランのイシさんから指導されているからには、この前みたいな恥ずかしいものは見せられない〟と言って、気合い十分だ。

ハンドラーの左側について歩くことを、「脚側行進（きゃくそく）」と呼ぶそうだ。脚側行進のポイントは、ハンドラーと犬がきちんとコンタクトを取りながら、ハンドラーの命令を犬が〝積極的に〟実行することだ。そのためには、いつ命令が出ても反応できるようにハンドラーに注目し、集中していなければならない。

以前のヨシは、僕の注目を引くために、ボールを使ったりエサを使ったりしていたが、順番が逆なんだよね。ハンドラーがうまくリードして、次から次へと命令を出す。ハンドラーに注目せざるを得ない状況をいかにハンドラー自身が作り出せるかが大事なんだ。ボールやエサが出てくるのは、それらが全てうまくいった後のご褒美としてもらえるものであり、注目を引くための道具にしてはいけない。

訓練所には、古くから「賞罰のタイミングを逃さないこと」という言い伝えがあるらしい。ヨシは、この〝タイミング〟が難しいんだとボヤいていたが、僕に言わせればタイミングよりも、〝やり方（方法）〟が大事だと思うんだ。タイミングは、実にシンプル。「実行した直後」これ以外に無い。それ以外に褒められたり叱られたりしても、いつの何についてのことなのかさっぱりわからないんだ。

賞罰のやり方は、本当に難しいと思う。〝賞〟つまり褒めることは、「今のGOODだよ！」って頭をポンッとしてくれれば十分だけど、〝罰〟つまり叱ることは、果たして必要なのか考えてみよう。

命令に従わない、無視する、間違った動作をする、勝手な行動をするといった、ハンドラーが求めない行動は、全て僕ら犬が悪いとでも思っているのか？一度振り返って、自分自身が紛らわしい動作をしていなかったか、声符のイントネーションがおかしくなかったかなど、反省してほしいものだ。僕らは一度覚えた命令を聞き逃したり、忘れたりすることはあり得ない。

そう考えた時、下手に叱ることは得策ではないのは明らかだ。叱ると一言で言っても、怒鳴ったり、ひどい時は体罰もあるだろう。訓練がうまくいかない理由がそこにあるということに気付く日は来るのであろうか。

叱ることが如何にリスキーなことか、ヨシは気付いてくれたようだ。ハンドラーの、ちょっとした動作が、犬を惑わせ、結果、自信のない動作につながる。動作が緩慢になったり、ハンドラーの意図しない動作を行ってしまうのはそのせいなのだ。

犬はハンドラーに集中し、命令を読み取ろうとする。命令に従ったはずの動作で叱られたら、犬はどう思うだろうか。命令に従ったことを後悔し、もう二度と従うまいと思ってしまうかもしれない。

そうなるくらいなら、最初から叱るのをやめれば良い。犬は、褒められたことを繰り返し、無視されたことはやらなくなるという、僕から言わせればとても分かりやすい動物だ。だから、何か違うって時は無視をして、うまくできた時だけ褒めてくれれば、何が正解だったかがはっきり分かるんだ。

さらに、〝叱り〟を入れ始めると、ハンドラーが求めない動作全てに対して叱る必要が出てくる。同じ動作をして、さっきは叱られなかったのに、今回は叱られたという経験をすると、何が正しいのか迷うことになり、動作に自信がなくなってしまう。自信がなくなると動作が緩慢になる（ただ迷っているだけなんだけど）。そこでまた叱られる…と言った負の連鎖が発生してしまうのだ。そう、〝叱り〟を入れると、ハンドラーも疲れるし犬もネガティブ思考になってしまって良いことは一つもないのだ。

ヨシはそのことに気付いてからは無駄に叱ることをやめた。その代わりに褒めることが増え、訓練中も明るく楽しそうになった。僕はそんなヨシの姿を見て、楽しい気持ちで訓練できるし、ヨシをリーダーとして認め始めていることに気付いたんだ。まだまだ技術的な点で言えばイシさんには到底及ばないけれど、微かな可能性を感じ始めていた。

異変

　ある朝目覚めるとなんだか体が重くて何もやる気が起きない上に、何だかお腹も痛い。毎朝6時は排便の時間だ。排便のために犬舎から出され、排便所と呼ばれるトイレに案内される。排便が終わった犬から順に犬舎に戻れるのだが、僕は犬舎の扉が開いても、動くのが億劫で丸くなったままだった。

「トイト、トイレに行かないのか？」と、その日夜勤当番だったミツさんが心配そうに覗き込んできたけど、聞こえないフリをしてやり過ごした。犬舎の扉が閉められた途端、お腹の痛みが急に激しくなり、助けを求めて立ち上がろうとしたその時、僕は犬舎の中で漏らしてしまった。――う〜ん…我ながらに臭い。鼻が曲がりそうな匂いが立ち込めたが、体に力が入らず再び犬舎の隅の汚れていないところを探して丸くなった。

　しばらくして匂いに気づいたミツさんが飛んできた。

「トイト！　大丈夫か？――あぁ…こりゃ酷いな」

ミツさんはそう言って、丸まった僕の体をそのままヒョイと持ち上げ、シャワー室で体に付いた汚れをきれいに洗ってくれた。

僕が漏らしたウンチは、すぐに採取され、救急でも診てくれるかかりつけの動物病院に持ち込まれた。その結果、僕のウンチからは〝キャンピロバクター〟と呼ばれる細菌が多く発見された。

この〝キャンピロバクター〟というのは、経口感染する細菌だが、普段は感染しても症状が現れることは少ない。しかし、疲労や環境の変化、ストレスなどで腸内環境が崩れると、腸内で増殖し、下痢などを引き起こすのだそうだ。僕の仲間でもこのキャンピロバクターの増殖で苦しんだものもいる。まずは体を休めて、体力を回復することが先決なのだそうだ。

朝7時。ヨシがいつも出勤してくる時間だ。僕たちは時計は読めないけど、生活がパターン化されてくると大体の時間が分かる。事務所のテレビから聞こえてくる音、遠くの家で鳴る目覚まし時計の音、ヨシの足音、声が聞こえる。ヨシはいつも出勤して作業着に着替えると、真っ先に僕の犬舎に「おはよう」

を言いにくる。僕はヨシの姿を見つけると、お腹が痛いのを我慢して立ち上がった。

「あれ？　トイト、具合悪いのか？」

ヨシの第一声はそれだった。ヨシは微かに残った消毒用の塩素の匂いと、僕の表情を見て分かったようだ。

そこへミツさんがやってきた。

「朝から元気なくて、トイレにも出てこなかったんだ。んで、そうこうしてるうちに犬舎で水下痢。すぐに久保先生のところに持っていったら、キャンピロがウヨウヨいたよ。薬もらってきたから後で飲ませてやってくれ」

「ミツさん、ありがとうございました」

ヨシはミツさんに深くお辞儀をしてから、僕の部屋に入ってきた。ヨシは心配そうに僕の横に座ってお腹を撫で、「最近は訓練ばっかりで疲れも溜まってるよな。ゴメンな、無理させて」と言いながら何か考えている様子だった。

僕はヨシの膝にアゴを乗せ、「大丈夫。すぐに良くなるよ」と言うかわりに前足をヨシの前に伸ばした。ヨシは僕が伸ばした前足をキュッと握り、「じゃ、また後でな」と言って立ち上がった。

この訓練所のハンドラーたちはみんな優しい。僕たち警察犬は、立場上〝備品〟という扱いになるのだそうだ。しかし、ここのみんなは家族同然に接してくれる。そう、僕たちは一つの〝群れ〟であり、担当するハンドラーとは苦楽を共にする運命共同体なのだ。だから、病気に罹れば一晩中ついて看病してくれるし、その日の体調や訓練量に合わせてエサの内容や量を考えてくれる。

今日みたいに下痢をした時は検便をして、必要であれば獣医の先生を呼んでくれたりもする。

ヨシは最近の訓練量を反省し、僕の体調を考え、この日のほとんどをデスクワークに回し、午後に1時間ほど散歩するだけに終わった。

散歩の間、僕はヨシに歩調を合わせ、黙ったままのヨシの顔を見上げた。ヨシは僕の視線に気付いて小さく笑い、歩きながら僕の左の横っ腹を優しくポンポンと叩いた。お腹の痛みは無い。僕は嬉しくなって、ヨシの前に回り込んで「走ろう！」と誘ったが、ヨシは「ダメだよトイト、今日は歩くだけ」と言って再び歩き出した。僕は仕方なくヨシの左側に戻り、ヨシに歩調を合わせた。僕のお腹の中で暴れていた〝キャンピロ〟も息を潜め、すっかり調子も良くなった。

試験まであと少し。今度こそ合格して次のステップへ進むんだ。服従訓練は全ての訓練の基礎となる重要な科目である。だからこそ、完璧に仕上げる必要があるんだ。僕らは繰り返し訓練を行い、自信を手に入れた。もういつでも試験に臨める。試験の日を待ち遠しく感じていたほどだった。

そして〝あの〟悪夢の日から3ヶ月が経ち、いよいよ試験の日がやってきた。ヨシも前回の様な不安な様子は全く見られない。自信たっぷりで余裕さえ感じる。「これなら安心だ」僕は全てをヨシに任せることができた。

試験が始まった。何も心配することはない。いつも通りの訓練を披露して、服従の科目はあっという間に終了した。

普段あまり褒めないイシさんも、「いいペアになったな」と言って褒めてくれた。ヨシの嬉しそうな横顔を見て、僕も嬉しくなった。「お前もよく頑張ったな」そう言ってイシさんは僕の頭を撫でてくれた。

足跡追及

「さて…」イシさんはそう言うと、次の課題を与えてくれた。新しいミッションは、次の試験までに〝足跡追及〟と〝臭気選別〟を仕上げることだった。ここからが、僕らが「鼻の捜査官」と呼ばれる所以でもある、犬の嗅覚を生かした訓練の始まりである。

足跡追及とは、犯人が歩いた痕跡を匂いを探しながら追って行くことで、遺留品や、隠れている犯人を発見することが目的だ。

犬は昔、地面に残された微かな獲物の匂いを追って狩りをしていたこともあり、この種目は〝お家芸〟と言っても過言ではない。

足跡追及の訓練は、初めは草地で行われる。草の上を歩けば、当然草は折れ、そこから草の汁が出る。土がむき出しの場所であれば、周りと違って歩いた後には若干土が削られる。つまり、歩いた後には草の汁なり、新しい土の匂いが現れ、一本の〝匂いの道〟ができるのだ。

今となっては野生の勘なんてものはとっくに忘れてしまっている僕ら犬でも、匂いの道を探しながら進む作業はさほど難しいことではない。

僕は、鼻を地面スレスレに近づけ、左右に首を振りながら、匂いの新しくなった場所——つまり匂いの道——を探して進み、見事ゴールまで辿り着いた。そもそも僕はイシさんから訓練を受け、現場に何度も出ている一人前の警察犬なんだ。こんなの朝飯前だよ、と得意げに振り向くと、ヨシは驚いた様子で僕を見つめていた。

当然、人間には到底できっこないことだ。でもこんなことで驚いてもらっては困る。難しいのは地面が草地からアスファルトに変わり、さらに特定の個人の匂いを探しながら進むことだ。探す匂いも、自分の匂いだったり、大好きなイシさんやヨシの匂いなら、どこまでも追いかけることはできる。しかし、実際の現場で求められるのは、初めて嗅ぐ犯人の匂いを記憶し、アスファルト上に残された多種多様な匂いの中から特定の匂いを選別しながら進むことだ。

実際の現場は、草地の訓練とは全く次元の違う世界であり、そのため草地でばかり訓練していても通用しないことは明らかだ。まずはそこに気付くかどうか。そして現場で使えるための訓練をいかに工夫してできるかが、優秀なハンドラーになれるかどうかの分岐点だ。

イシさんは「新しい犬を担当した時のために」と言って草地の訓練方法を一からヨシに教え、僕もその訓練にとことん付き合った。

ここで大事なのは、人間は訓練の方法を学び、犬には訓練の目的を教えることだ。匂いを追った先に何が待っているのか。僕ら犬は、その期待感が無いと高いモチベーションを維持したまま追及作業を続けることはできない。ゴールの無い迷路が楽しくないのと同じことだ。匂いを追うだけの〝作業〟自体は何も面白いことは無いからだ。

ヨシと僕は草地での基本の訓練を終え、アスファルトの訓練に入った。僕に求められることは、初めて教わるように演技することだ。もともとイシさんとペアを組んでやっていたので、方法も、目的も理解しているが、ヨシとやる時はイシさんとやった訓練を忘れる必要がある。そうしないとヨシの訓練にならないからだ。

僕はやるべきことは分かっている。だけど、ヨシが間違った指示を出せば、間違った指示通りの動作をしなければならない。ヨシが自分で間違っていたことに気づいてくれなければ意味がないからだ。

ヨシもこの頃になると、犬とはどういう動物かを進んで勉強するようになっていた。

犬は、匂いをたどっていくことが得意だ。匂いをたどったその先に、獲物（食べ物）が待っていることを知っているからだ。

だけど、食べ物の獲得手段は様変わりし、家で飼われている犬は、待っていればお皿に盛られた餌が与えられる。野生とは程遠い生活だ。生きるために匂いをたどる必要がなくなってきていることは事実だ。必要でなくなった能力は退化し、子孫にも受け継がれることはない。

足跡追及の訓練は、追及の方法を教えるのではなく、〝追及することの必要性を思い出させる〟ことだ。匂いを辿ってゴールまで行くことは、教わらなくても大抵の犬ならできる。

大事なのは、①ハンドラーの命令によって原臭（追うべき匂い）を覚え、②ハンドラーの命令によって地面の匂いを嗅ぎ、③ハンドラーの命令によって追及し、④ハンドラーの命令によって訓練を終えることだ。

ヨシの訓練は、最初は鼻を低くさせること、スピードを抑えることばかりにこだわり、少しでも鼻が高くなれば叱り、スピードが出ればショックが加えられた。これによって僕に何が伝わっていたかというと、鼻が高いこと、スピードが速くなることがマズいことはわかっても、何が正解なのかが全く伝わってこなかった。

犬は学習する生き物だ。人間の思考と明らかに違うのは、創造力や発想力が乏しいことだ。過去の経験が思考のベースになる。過去の不快な記憶（危険・不安・恐怖など）を回避し、快な記憶（楽しい・嬉しい・幸せなど）を愚直に再現しようとする生き物だ。

訓練中に不必要なまでの罰を受けると、当然ネガティブな記憶が残り、モチベーションは下がる。服従訓練の時と同様、叱ることは極力避けなければならない。ハンドラーに求めるのは、やるべきことをわかりやすく伝えることであり、やってはいけないことを伝えることではない。

余談であるが、これは小さな人間の子供にも言えるらしい。水が入ったコップをテーブルまで運ぶ時、親がコップを手渡す時に「こぼさないでね！」と言うと、子供はこぼしてはいけないというマインドになり、そのプレッシャーから一歩も動けなくなってしまう。つまり、こぼさない為にどうしたらいいのか分からないからだ。逆に、「しっかり持ってね！」と言うと、「しっかり持つ」という明確な指示があるため、こぼすことなくコップを運ぶことができるのだ。

人間は成長すれば、やってはいけないことを伝えれば、そうならないためにどうするべきか考え、やるべきことを導き出すことができるが、小さな子供同様に僕たち犬にはそんな能力は残念ながら無いんだ。

僕らの全ての行動には、過去の経験から、「快」だった記憶を再現するという大前提があることを忘れてはならない。命令に従う時だって、うまくできた時のハンドラーの表情と愛撫（と、ほんの少しのおやつ）があれば、もっと積極的に命令を遂行することができるのだ。

命令に対するレスポンスを速くしたい、動作の精度を上げたいと思うのなら、「快」の記憶とともに「もっと、もっと」と犬自身が感じるようなハングリーさを植え付けることが必要だ。

そのためには、「止め時」の見極めがとても重要だ。ヨシのような未熟なハンドラーがやりがちなのが、上手くいっている時、バカのひとつ覚えのようにそればっかりやり続けてしまうことだ。さっき言ったように、ハングリーさを植え付けるまではいいが、やりすぎると今度はお腹いっぱいになってしまい、ある時を境にモチベーションは下降してしまうことを理解しなければならない。人間界では「腹八分目」と言うらしいが、物事には〝適度〟というものがあり、犬も人も「まだやりたい」と思っているうちに切り上げなければ、次に繋がる訓練にはならないのだ。

良いハンドラーは、この〝ハングリーさ〟をコントロールすることができる。犬の集中力はそれほど長くは続かない。人間の自己満足に付き合わされるのはまっぴら御免だ。楽しい訓練が、楽しいうちに終われば、また楽しい訓練を待ち望むことができる。犬も、人も。

ヨシが良いハンドラーになるために、身につけなければならないのは、上手に犬のマインドをコントロールすることだ。マインドコントロールと言っても「洗脳」とは違うよ。ポイントは、「ONとOFFの切り替え」だ。集中力が長続きしない僕たちは、ベストなタイミングでスイッチを切り替えてもらう必要がある。一番良くないのは、今がONなのか、OFFなのかはっきりしないことだ。訓練を始める時のルーティーンを決めてくれると、僕らはとてもわかりやすいし、ハンドラー本人のスイッチONにもなる。ヨシは、このスイッチONの方法を、「首輪」にしていた。訓練の前には、ヨシはまず僕を犬舎から出すと排便所でオシッコをさせた。そしてヨシは僕を正面に座らせ、アイコンタクトの後、首輪をかける。訓練前に毎回やっていると、それが「これから訓練がはじまるぞ」っていう合図だということがわかる。

僕が思うに、ＯＮ以上に大事なのが「スイッチをＯＦＦすること」つまり、訓練終了を伝えることだ。これもＯＮのルーティーンと同様、ＯＦＦの合図を決めておくと分かり易い。訓練は遊びの延長と捉えるハンドラーもいるけど、遊びと訓練の明確な違いは、ハンドラーによってコントロールされているかどうかだ。犬が好きなタイミングで遊びだしてしまうように、犬自身がスイッチの操作権を握っていたのでは、それは訓練とは呼べない。訓練では、あらゆる誘惑を断ち切ってハンドラーに集中しなければならないのだ。

服従訓練でやった停座や伏臥といった項目は、実は〝本当の服従〟ではないことがこれでわかっただろうか。停座や伏臥は、言ってしまえば「芸」であり、これができたからといって犬がハンドラーに服従しているとは言えない。一番大事なのは、訓練開始から終了まで一貫してハンドラーが主導権を握っているかどうかであり、試験では審査する側が分かりやすいように停座などの項目を設けているに過ぎないのだ。つまり、服従とは「スイッチＯＮ／ＯＦＦの操作権をハンドラーが握っていること」なのだ。

ヨシは長い長いまわり道を経て、ようやくこの結論に辿り着いた。時間はかかったけど、そのことに気付いてからは、訓練も的を射たものとなり、格段に訓練の質は上がった。ハンドラーのマインドが変われば、訓練は劇的に変わるのである。

足跡追及訓練からだいぶ話が逸れてしまったが、もう一つ、とても重要なことを話さなければならない。それは、足跡追及において、犬自身が進むべき方向を決めなければならないということだ。さっき言った、服従のマインドと矛盾するかもしれないが、犬の行動全てをハンドラーの影響下に置くと、犬は自然と〝指示待ち〟の状態に陥ってしまう。これがどれだけ危険なことかお分かりだろうか。人間は匂いを追うことができない。つまり、進むべき方向を決められるのはハンドラーではなく、僕たち犬なのだ。それなのに、ヨシを含めた経験の浅いハンドラーは、追及の方向まで干渉しようとする。君の勘は僕の鼻より優れているの？　このことの方がよっぽど矛盾していると思うんだが…。

匂いを追うことよりも、鼻を低く保つこと、ゆっくり進むことばかりを訓練させられた犬は、結局、「何か探している」風な見た目にはなるが、何も見つけることはできない。匂いの探し方を教えるのではなく、犬が匂いを探している姿をよく観察してほしい。そして、〝何か〟を発見した時や、迷った時の反応の癖を読み取る努力をしてほしい。これが、足跡追及における犬とハンドラーの〝会話〟なのだ。

決して追及中の犬を操作しようとしてはならない。そのためには、まずは僕のことを信じてもらわなければならない。僕の一挙手一投足からメッセージを受け取ってほしい。なんでこんなことをしつこく言うかって？　それは、リードから全部伝わってくるんだ。君の勘がどれだけ冴えているか知らないけど、交差点の手前で急に歩くスピードが遅くなったり、リード越しに「曲がれ」という意思が伝わってくる。

〝刑事の勘〟って言うやつ？　追及の場面でそれを持ち込まれたら、僕らの存在自体を否定することになっちゃうよ。匂いを追うのは僕の役目。ハンドラーはそんな僕を観察しつつ、追及の経路上に犯人の痕跡がないか、犯人が隠れていないかという勘を働かせるべきだ。犬とハンドラーは、それぞれの役目があって、お互いを信頼して相手の領域を干渉しないことが重要だ。

僕とヨシは訓練を繰り返しながら信頼関係を築き上げ、やがてヨシのリードからは「曲がれ」という命令は出なくなり、その代わり、追及に関しては僕に委ねてくれていることが背後から付いてくるヨシから感じられた。

服従試験合格から半年後、僕らは足跡追及の部でも試験に合格することができ、遂に事件現場への出動が許されたのである。

臭気選別

服従試験に合格後、足跡追及の訓練と並行して、僕らは臭気選別の訓練に入った。

臭気選別とは、それぞれ異なる匂いをつけた布を用意し、その中から一つの匂いを犬に覚えさせ、「選別台」と呼ばれるスチール製の台の上に並べられた複数の布の中から同じ匂いのものを選んでハンドラーの元へ抜き取ってくる

（これを「持来（じらい）」と言う）という種目だ。

　これも犬の優れた嗅覚を活用した捜査手法である。例えば、現場に残された遺留品があり、確保された容疑者のものかどうかを確認するために、匂いの異同識別を行う。匂いには〝個人臭〟と呼ばれる特異な匂いが存在し、同じ匂いの人はいないと言われている。なので、この臭気選別によって匂いの同一性が確認されるということは、その遺留品が容疑者のものであるという証拠になりうるのである。

　この臭気選別の結果は、公判廷での証拠として提出されることもあり、とても重要な作業と言える。しかし近年は、ＤＮＡをはじめとする科学捜査が主流となりつつあり、臭気選別の件数は以前と比べて激減しているのが現実である。

　確かに、客観的証拠として、〝匂い〟という極めて曖昧で非科学的な（数値化が困難という意味で）捜査手法は、今後淘汰されてしまうのかもしれない。

　実際、原臭（遺留品の匂い）は時間と共に変化し、保存状態によっては腐敗や風化の影響を受けることも多く、さらに選別作業をする警察犬も、個々の能力であったりその日の体調などでも結果が左右されてしまうなど、証拠の信頼性に疑問を持たれても仕方のない部分もあることは否めない。

しかし、臭気選別結果の証拠化は難しくても、訓練をする価値は十分にある。この訓練は、犬の「鼻」と「脳」を鍛える上でとても有効な訓練と言えるのだ。

僕はこの臭気選別訓練が大好きだった。ハンドラーや補助の人が設定した難問に挑戦して、正解の布を持来できた時、とても嬉しくて得意な気分になった。訓練の最初のうちは、ヨシやイシさんの匂いを使った。普段から嗅ぎ慣れている2人の匂いは間違うはずがない。

選別台上の正解の布を咥えて10メートル離れたヨシの元へ運んで行けば、ヨシは毎回頭を撫でてくれた。

臭気選別訓練も、段階的に難易度は上がり、嗅ぎ慣れたハンドラーの匂いがほぼ100％うまくいくようになると、次はハンドラー以外の係員を原臭に訓練が行われた。

　ある日、難しい選別訓練で、慎重に匂いを嗅いでいる時のことだった。選別台上のある一つの布に鼻を近づけた時、選別場（臭気選別訓練をする部屋）の空気が動いた気がした。一瞬のことだったからよく分からなかったけど、背後にいるヨシから「その布だ！」というメッセージが飛んできた気がしたんだ。勿論、ヨシはそんな声は出していない。僕は半信半疑のまま〝その布〟を咥えてヨシの元へ走って戻った。正解だった。正直なところ、この布が正解かどうか、僕の鼻では全く分からなかった。さっきのは何だったんだろう。僕には人間の何千倍も優れた鼻があるというのに、嗅覚を使わずにヨシの謎のメッセージで正解を引き当ててしまった。何だかズルをしたような罪悪感が一瞬襲ってきたが、いつも通り正解したご褒美に頭をポンポンと優しく撫でてくれて、僕は後ろめたさを忘れて尻尾を振ってしまったんだ。

　もう一度、確かめてみよう。ヨシから与えられた原臭を慎重に嗅ぎ、10メートル先の選別台まで走って行く。一番左の布から順に鼻を近づけて嗅いでいく。今回は、さっきのヨシのメッセージを確認するため、嗅いでいるふりをしながら背後のヨシに意識を集中してみた。すると、左から4番目の布に鼻を近づけた瞬間、またさっきの「それだ！」というメッセージが飛んできた。今度は背後に意識を集中していただけにさっきよりもはっきりと、確実に。

そうか。ヨシは正解を知っているから、僕が悩んでる時にヒントをくれたんだ。でもそれってズルだよね？　心にモヤモヤしたものを感じながらも訓練は進み、いつしか自信がない時はヨシのヒントを待つようになってしまった。

ある日、臭気選別訓練の進捗状況を見るためにイシさん立ち会いのもと訓練が行われた。ヨシの緊張が原臭を持つピンセットから伝わってくる。

原臭をよく嗅いで、ヨシの合図と共に選別台まで走って行き、いつも通り一番左の布から順に匂いを嗅ぎ分けていく。台に置かれた5枚の布を全て嗅いでも、正解がどれかはっきり分からなかった。僕は念のためもう一度台の布の匂いを嗅いでみる。「あれ？　最初に嗅いだ原臭はどんな匂いだっけ？」ヨシの緊張が気になって原臭に集中していなかったのか、僕は一瞬でパニックになってしまった。そこで僕は布の匂いを嗅ぐのをやめて、またヨシのメッセージを待つことにした。その時、僕は一瞬選別台の布から目を離し、振り返ってヨシの顔を見てしまった。

みるみるイシさんの表情が険しくなる。「訓練は終わりだ。今のトイトの動作で何が起きたのか分かるか？」ヨシはイシさんの質問に答えられなかった。「そんなだから壊れるんだよ！」イシさんの怒りとも、情けなさとも取れる声が胸に響いた。「壊れる？　僕が？」何だか意味が分からなかったけど、次第にあの〝モヤモヤ〟の正体が形となって現れてきた。

イシさんはヨシに「〝クレバーハンス〟という言葉があるから調べてきなさい」と宿題を与えた。

「クレバーハンス」とは、文字通り〝賢い〟「ハンス」という名の馬の話だ。彼は「文字が読めて、算数ができる馬」として世間を騒がせた。つまり、ボードに書かれた計算式をハンスは読み、正解の数だけ足を踏み鳴らすというものだった。例えば、「3＋4＝」と書かれたボードをハンスの前に掲げると、ハンスは7回足を踏み鳴らした。いくら馬が賢い動物であったとしても、果たして文字を読んだり、計算をしたりなどできるのだろうか。多くの学者がこの〝怪奇現象〟の真実を探るべく、世界中から集まって実験を行ったのだそうだ。しかし、どの学者もハンスの能力に驚き、一様に「うまく説明はできないけれど、ハンスの能力は本物だった」と認めるに至ったのである。

そんな中、ある心理学者がひとつの仮説を持ってきた。それを証明するため、計算式が書かれたボードをハンスの目の前に置き、ハンス1頭だけ残して全員実験室から外へ出た。すると、ハンスは飼い主が止めるまで延々と足を踏み鳴らし続けたということであった。

つまりハンスは、ボードを読んで計算していたのではなく、実験室に同席した研究者たちの反応を観察することで正解を導き出していたのだ。「3＋4＝」の問題であれば、大抵の人なら自信満々に「7」だと答えられるはずだ。ハンスが足を踏み鳴らし始める。1回、2回、3回、4回…周りの立会人はそれぞれ心の中でカウントを進める。いよいよ7回目が踏まれた瞬間、彼らは皆「ハッと」息を飲み、8回目が鳴らないことを願って体を緊張させる。ハンスはそんなギャラリーの僅かな反応を敏感に読み取り、足を止めたのだった。

イシさんはなぜ「クレバーハンスを調べろ」と言ったのか。それはつまり、僕にクレバーハンスの現象が現れていたからだった。選別に自信が無い時、正解を知っているヨシや立会者の〝無意識に〟発せられる反応（ヒント）を読み取ることで、正解を引き当てていたのだ。

　これは僕がずるいからではない。クレバーハンスという現象を知らず、それが起こりうる状況下で訓練を続けていたヨシに原因があった。

　一度誰かのヒントを当てにすることを覚えてしまった場合、難しい状況に直面した時、自分の嗅覚を信じるよりも他人のサインを待つようになってしまい、これがイシさんの言う〝壊れる〟という言葉の意味だった。

　こういう時は、基本に戻ることが鉄則だ。難易度を下げ、僕が自分の鼻を使って自信を持って正解の布を咥えてこれるまで、とにかく基本に戻って訓練を続けた。僕も、ズルはしたくないし、鼻を使わないんだったら臭気選別の意味そのものがなくなってしまう。

　僕とヨシは、イシさんの指導のもと、〝壊れかけ〟の部分を修復し、ギリギリのところで踏み止まることに成功した。

　選別台上に並ぶ5枚の布に、正解が1枚だけあり、それを嗅ぎ分けて持来するものを、「有回答選別」と言う。逆に、選別台上の5枚の中に正解の布が無いものを、「ゼロ回答選別」と言う。この場合、正解の布は無いので、何も咥えずにハンドラーの元へ戻ってこなくてはならない。

　ゼロ回答選別は、とっても難しいんだ。今まで布を咥えて戻ってくることが良しとされていたのに、いきなり何も咥えず戻ってこいなんて言われてもすぐに対応できるものではない。しかも、有回答とゼロ回答が交ざった訓練では、嗅ぎ分けの作業も慎重にならざるを得ない。この、正解があれば持来し、無ければ何も咥えず戻るという単純な作業がどれだけ過酷で、僕たち犬の頭で完全に理解できるまで相当な時間がかかるかわかる？

　ゼロ回答を覚えることで、色々な弊害が生まれることも分かっている。まず、有回答の精度が落ちる点だ。同じ人物のものでも、ベースとなる個人の匂いは同じでも部位が変われば混ざる匂いも変わり、識別が難しくなる。例えば、帽子と手袋のように。

　有回答だと分かっていれば、何とか共通する匂いを探し出して持来しようと入念に嗅ぐが、ゼロ回答の可能性を提示されると、一通り嗅いで分からなければすぐに諦めて何も咥えず戻ってしまう。臭気の移行時間（物品から布へ匂いを移行させる時間）や部位の違い、原臭の保存状況など、難易度が上がると、すぐに諦めてしまうのだ。そうならないために、ハンドラーは有回答とゼロ回答の訓練の割合を日々調節し、犬の頭が偏った思考にならないように制御する必要がある。

もう一つ、先述した〝クレバーハンス現象〟の誘発である。今まで服従訓練等を通してハンドラーの指示を聞き、確実に遂行するよう訓練を重ねてきた犬たちにとって、ゼロ回答選別は、いわば「不服従」を強いられる訓練である。「サガセ」「モッテコイ」と命令されたにも拘わらず、何も咥えずに戻ることは、命令に反する行為である。犬によっては、選別台を前にどうしていいか分からず立ち尽くしてしまうのもいる。初めのうちはむしろ困るジェスチャーをする犬がほとんどと言っても過言ではない。そこでハンドラーは助け舟を出して、「正解が無ければ戻ってきていいんだよ」と伝えるのだが、この助け舟こそ、〝犬を壊す〟ことに繋がってしまう場合があるのだ。助け舟によって助けられた経験を重ねると、困ったときは助け舟を待つようになってしまう。つまり、選別台の前で困った顔をすれば、ハンドラーが助けてくれると信じて振り返り、合図を待つようになるのだ。そして、それは選別動作自体にも影響し、〝嗅いでいるふり〟をしながらハンドラーの反応を窺うようになってしまう。もしそうなってしまうと、選別どころではない。ハンドラーをはじめ、立会人や補助者、周りで見ている人たちの微妙な動作が気になってしまい、犬が〝そういうゲーム〟だと勘違いしてしまう恐れがあるのだ。

僕とヨシは、イシさんの的確な指導のおかげで最悪の事態を免れ、遠回りはしたけれども3回目の試験でゼロ回答選別を成功させ、見事合格を果たした。これで一安心。僕とイシさんの目的は、ヨシを試験に合格させることではなく、多くの経験を積ませて訓練の引き出しを多く持たせること。僕以外の新しい相棒とペアを組んだ時、自分で訓練を進められる知識と技術を身に付けさせることだ。そういう意味では失敗し、挫折を味わいながら時間がかかっても、それがヨシの財産となることに意味があるのだ。

臨場

夜の排便を終え、僕たちは朝までそれぞれの犬舎で眠る。しかし当番のハンドラーの相棒は、現場からの要請に備えていつでも出動できるように、事務所前の廊下に用意されたケージで待機することになっている。

足跡追及の試験に合格してから初めて迎える当番日。この日の当番は、イシさん、マツさん、ヨシの3人だ。僕も例に漏れず排便を終えると廊下のケージに入れられた。柵越しにヨシの顔が見える。ヨシはいつもは先輩のマツさんが警察犬を連れて現場に行くときの補助者として出動していたが、今日からはヨシ自身もハンドラーとしてデビューするわけだ。ヨシは柵の隙間から覗き込んで、「トイト、要請あったら行くから、それまで休んでいなよ」と言って事務所に入って行った。事務所からは間断なく流れてくる110番指令の無線や当番の係員の話し声が聞こえてくる。僕はケージの中で丸くなり、ヨシの気配を近くに感じながら浅い眠りに落ちていった。

それからどのくらいの時間が経ったのだろうか。僕は夢うつつで微睡んでいたところ、急に事務所内が騒がしくなった。110番無線が矢継ぎ早に指令を飛ばし、現場から次々に報告の無線が入る。どうやら、走行中の車両に職務質問をしようとしたところ停止命令を無視して逃走し、車両を乗り捨てて男が駆け足で逃走したということらしい。現場には男がつまずいた時に脱げた靴が遺留されているとのことだ。現場から直ちに警察犬の要請が入った。照会の結果、乗り捨てられた車は盗難車であることが判明した。

僕は手短におしっこを済ませ、臨場用のバンに飛び乗った。

けたたましいサイレンの音を聞きながら、僕はバンの荷台に設置された移動用ケージの中で丸くなった。僕にとっても久しぶりの現場だ。高まる気分を抑えながら、到着を待った。

現場に近づき、サイレンを止め、僕らを乗せたバンは静まり返った住宅街を走る。イシさんは、「現場の近くではスピードを落として周りをよく見ること。現場方向から来る不審者や、近くに隠れている犯人を発見できるかもしれない」そう言って暗闇に目を凝らした。

警察犬の担当者は、優秀なハンドラーであり、同時に優秀な刑事である必要がある。

警察犬と言えど、犬が捜査するわけではない。ハンドラーにしか分からない相棒のサインを敏感に読み取り、担当者が捜査するのだ。現場によっては、警察犬の活躍が難しい場合もある。そういう時は、〝刑事部鑑識課員〟のプライドに懸けて担当者が独自の経験と勘を頼りに捜査活動を行う。ヨシは鑑識課へ配属される前は、警察署の刑事としても経験があり、今日のような現場ではいつにも増して生き生きとしている。迷子や徘徊老人の捜索、自殺者の足取り確認などの出動の機会も多く、もちろんこれらも重大事件に関連する可能性があるため決して疎かにはできないが、本音を言えば殺人・強盗・窃盗のように〝事件〟と名のつく現場は、〝刑事の血〟が騒ぐのだそうだ。

そうは言っても僕ら警察犬にとっては事件の大小は関係なく、〝匂いを追う〟〝目的の人物の痕跡を探す〟という単純作業に変わりはない。ハンドラーの変なテンションが、捜索活動に影響しなければいいのだが…。

僕たちは無事、事件現場に到着した。現場に着いてもすぐには活動しない。長時間の緊急走行で、中には車酔いをしてしまう犬もいるらしい。僕は車酔いすることはなかったが、現場に着いてバンの扉が開いた瞬間入ってくる外気の匂いを全身で吸い込んだ。深呼吸することで、僕は鼻と脳をリセットすることにしている。僕が車で待ちながらその〝儀式〟をしている間に、ヨシとイシさんは現場の刑事から事案の概要を聞き取る。


ヨシは、警察署の刑事時代に学んだことで、こんなことを言っていた。

「目撃情報ほど当てにならないものはない」

人間の目というものは、良いようで悪いんだ。こんなことも言っていた。暗い場所なら尚更だ。人間の目は、色を知覚するためには光が必要である。暗い場所ではそのほとんどが白か黒かグレーに見える。さらに、心理面でも知覚に影響を与えることが言われているそうだ。そのものが持っているイメージで左右される。〝悪〟のイメージは、黒だ。深層心理で物事を見た時、悪いものは脳が勝手に黒く着色してしまう。事件現場という冷静さを失った状況で、しかも街灯の少ない夜の住宅街で犯人を目撃した人の多くは、たとえ白いシャツを着ていたとしても、皆「犯人は黒っぽい服装だった」と口を揃えるのだ。

そういうわけで、逃走方向も、ヨシは犯人の目撃情報は鵜呑みにしてはいけないといつも言っていた。逃走方向も、西へ逃げたという情報があったと思えば、東側で発見されることとなんてよくある話だ。今日も、〝参考程度に〟情報を聞き取った後、ヨシは僕の待つバンへ戻ってきた。

「トイト、準備はいいか?」そう言いながらケージの扉を開け、首輪をはめる。捜索紐と呼ばれる5メートル余りのロープを短く束ねて持ち、僕の右側を歩くヨシの顔は少し高揚しているようにも見えた。事件現場には何度も臨場しているが、自分が担当する警察犬を帯同しての臨場は初めてである。ヨシの夢が叶った瞬間でもあった。警察犬のハンドラーとなって、事件捜査に当たりたい。そう夢見て警察官となって6年目のことだった。

僕らはまず、犯人が逃走時に置き去りにしたスニーカーを原臭袋と呼ばれる保存用のビニール袋に入れて持ち、乗り捨てられた車までやってきた。車の中は飲みかけのジュースやタバコの吸い殻などが見える。ＤＮＡの資料は十分ありそうだ。

ヨシは訓練の時と同じように、一旦僕を座らせ、背中を優しく撫でてくれた。そしてスニーカーが入ったビニール袋の口を少し開けて、慎重に僕の鼻に近づけた。

微かなタバコの匂いとともに、若い男の匂いがわかる。一度ビニール袋から鼻を外し、すぐにもう一度ビニール袋に鼻を近づけた。徐々に犯人のイメージが脳に浮かぶ。僕は、匂いを覚えたと言う代わりにヨシに視線を送り、追及開始地点に立った。

「サガーセ！」

ヨシの合図とともに僕は鼻を地面スレスレに近づけ、さっき覚えた犯人の匂いを探した。

人間の皮膚は、約1ヶ月で生まれ変わり、古くなった角質は毎日剝がれ落ちている。体格や部位にもよるが、相当量の皮膚（角質）が少しずつ落ち続けているのだ。

さらに、人間の皮膚には2種類の汗腺があり、一つ目の「エクリン腺」は、全身に分布し、99％が水分で、主に体温調整が目的である。二つ目は「アポクリン腺」で、こちらは限られた部位（腋の下、耳、乳首、肛門付近など）から分泌される脂質やタンパク質などを多く含む。このアポクリン腺から分泌される汗が皮膚の常在細菌の作用で分解され、匂いの元になると言われている。

整髪料や香水に影響されない個人特有の匂いはこのアポクリン腺から分泌される匂いとされており、スペインの研究機関でも、体臭は「生体認証で採用に値する個人識別が可能」と発表されているらしい。

そんなことは僕ら犬の知ったことではない。ただ、僕らは特定の匂いを記憶し、嗅ぎ分け、追及することができる。その能力で人の役に立つことが、僕らの使命であり、喜びなのだ。

追及を開始して15分が過ぎた。背後のヨシから焦る気持ちが伝わってくる。現場で活動する警察犬の姿は、注目の的である。当然、警察犬を操るハンドラーも注目される。犯人や、その手掛かりを発見することを期待され、それに応えたいというプレッシャーに加え、現場の警察官やその場に居合わせた一般人の好奇の視線が、平常心を奪っていく。もともとあがり症のヨシは、内面の弱さに加え、外部からのプレッシャーにも弱い。訓練を重ね、たくさんの経験を積み、結果を出すことで自信を持って現場に臨むことが出来る。技術と同時にメンタルを鍛える必要があるのだ。

まだ経験の浅いヨシは、周りのプレッシャーに押し潰されそうになっていた。いや、周りからはプレッシャーはかけられていない。ヨシが勝手に周りの目を気にし過ぎて自爆しているだけだった。

そして、捜索開始から20分が過ぎたところで、ヨシは捜索中止を宣言した。結局、犯人に辿り着くことはできず、警察犬の活動結果としては効果を挙げることはできなかった。

効果を挙げられない原因は、いくつかある。

①　発生から時間経過が著しい

②　気象条件が悪い（強風、高温、降雨　など）

③　臭気線の破壊（車、人等の往来）

④　原臭物の状態が悪い（水濡れ、第三者の接触　など）

⑤　ハンドラーの誤った誘導（先入観や誤情報の鵜呑みによる）

⑥　ハンドラーや犬の体調が悪い　　　　などなど。

それらを考えると、足跡追及で効果を挙げることがどれだけ確率が低くて困難なものなのかがわかるだろう。打率1割以下の選手が、逆転満塁サヨナラホームランを打つには、全ての条件をクリアした好条件に加えて、弛まぬ努力と信念、そして奇跡的な運の良さも兼ね備える必要があるのだ。

特に都心はどこを見渡してもアスファルトばかりで、僕たち警察犬の活動には厳しい環境と言わざるを得ない。

それでも僕たちが活動をやめないのは、そこに1％でも可能性があるからだ!

たとえ足跡追及が難しくても、現場の条件次第では近くに潜んでいる犯人や遺留品を発見できるかもしれない。

ヨシは以前こんなことを言っていた。

「人間には無い警察犬の能力を駆使して、犯罪捜査に貢献する。そんな魔法みたいなこと、誰でもできる訳じゃない。トイト、君たちをハンドリングできるのは僕たち限られた係員だけなんだよ。そんな誇らしい仕事、他に無いだろ?」

ヨシの信念が挫けない限り、僕もできる限りのことをしたいと思っている。

この命が尽きるまで、僕は〝警察犬〟なんだ。

そんなヨシと僕の信念が、この5年後、実を結ぶことになる。

結実

ヨシと出会ってから数えると7年目になる。僕とヨシは、唯一無二の〝相棒〟となっていた。

僕は10歳になった。そろそろ引退を考える年齢になってきた。

午前3時。当番だった僕たちの班は、前日から臨場が続き、疲労も限界に近かった。臨場から戻り、事務所で報告書を作成していたところで、指令本部からの無線が鳴り響いた。

マンションの一室で強制わいせつ事件発生。被害者は20代の女性で、マンションの4階ということもあって油断していたのだろう、無施錠の窓からベランダ伝いに侵入してきた男に体を触られる被害に遭ったのだ。犯人の男は被害者の抵抗に遭って玄関からいずれかへ逃走したというものだった。そして侵入口であるベランダには、犯人のものと思われるサンダルが遺留されていたのだった。

すぐさま警察犬の要請がなされ、当時ヨシの班の主任だったシバさんとヨシと僕で臨場することとなった。

シバさんとヨシは前日から臨場要請が続き、夕食も食べていなかった。仮眠なんかももちろん取れておらず、フラフラの状態だった。しかし臨場要請を断るわけにはいかない。

発生直後で、遺留品もある。

「トイト、行くぞ！」

正直、僕もだいぶ疲れていて犬舎でぐっすり眠りたかったけど、僕たちの到着を待ってくれている所轄の捜査員がいる。被害者がいる。

僕は臨場用のバンに飛び乗り、緊急走行のサイレンの音を聞きながら、「あと何回ヨシと臨場できるんだろう」と考えていた。

最近は歳のせいか疲れやすくなって、足腰も痛むようになってきた。でも、僕はヨシと臨場するのが楽しみで、活動中は歳のことも足腰の痛みも忘れてしまう。もしも僕が動けなくなったら、ヨシは別の犬を〝相棒〟と呼んで現場に行くのだろうか。仕方のないことだけど、できることならいつまでも僕はヨシの相棒として臨場したいのだ。

程なくして僕たちは現場に到着した。空はうっすらと明るくなり始めている。所轄の刑事や制服の警察官によって現場は保存され、犯人が遺留したと思われるサンダルはビニール袋に入れられていた。

オートロック付きの地上10階建てのマンション内は、非常階段で最上階へ上がることができるが、屋上は施錠されていて上がることはできない。被害者宅の玄関の脇には非常階段がある。玄関を出た後の犯人は、4階の通路をエレベーター方向へ行ったのか、非常階段を使って上の階へ上がったのか下へ下りたのかさえわからなかった。

ベランダ伝いということは、犯人は同じマンションの住人である可能性もある。

原臭のサンダルを受け取ったヨシと僕は、被害者宅の玄関前に立った。

アイコンタクト。さすがのヨシも疲労の色は隠せない。ヨシは気力を振り絞って、大きくひとつ深呼吸した。

原臭袋の口を少しだけ広げ、僕の鼻先へ持ってくる。

「トイト、嗅いで」

――若い男だ。アルコールの匂いもする。

匂いを覚えた時のサインを送り、もう一度アイコンタクト。

「サガセ!」

足跡追及が始まった。僕はコンクリートの通路に鼻を擦り付けながら犯人の痕跡を辿った。サンダルが遺留されていることから、犯人は裸足か、靴下のまま逃走していることになる。これも足跡追及には好都合だった。地面に直接肌が触れることで、匂いも残りやすい。汗をかいていたならなおさらだ。

地面には、実にたくさんの匂いが残っている。その中から、さっきのサンダルの匂いを思い出しながらゆっくりゆっくり進んだ。

早朝の澄んだ空気の中から、フッと一瞬匂いが流れてきた。僕は全身の毛が逆立つ気がした。

――近い。

匂いは非常階段の上の方から流れてくる。僕は焦る気持ちを抑え、ゆっくりと慎重に非常階段を上り始めた。

ヨシも、僕のただならぬ気配に気づいたようだ。紐を伝ってヨシの緊張も分かった。非常階段を慎重に上り、5階へ上がる途中の踊り場までやってきた時である。さっきまで漂っていた犯人の匂いが、ぷっつりと途切れてしまったのだ。僕はその場で小さく旋回し、

「ここだよ」

と言うかわりに階下から僕に付いて上ってきているヨシにアイコンタクトを送った。

そこは、1・5メートル四方の非常階段の踊り場で、時間をかけて探すまでもなく一目で何もないことが分かる空間だった。

一瞬、ヨシは無念そうに目を閉じた。ヨシの後ろから所轄の刑事も固唾を飲んで僕たちの活動を見守っている。「トイト、もう一度、よくサガセ」と、僕だけに聞こえるように囁いた。僕はもう一度踊り場の床に鼻をつけて匂いを探

した。確かに、さっきまで匂いがあったのだ。念の為先へ続く階段も上ってみたが、やはり痕跡は無く僕は踊り場へ戻ってきた。

僕は「やっぱりここだよ」と言うかわりにその場で旋回した。分からなくなったのではない。〝ここで〟匂いが消えたんだ。僕には確信があった。ヨシも僕を信じてくれたようだ。

ヨシは、「飛んだか」と小声で言って踊り場の手摺り越しに地上を見下ろした。逃げられないと悟って飛び降り自殺を図ったと思ったらしい。しかし、そこから見下ろせる地上には何の痕跡もなかった。最悪の状況は免れた。ヨシは、この時隣のマンションがいやに近いと感じたと言う。

都内では、敷地いっぱいに建物を建てているせいで、隣同士の隙間が狭く、手を伸ばせば隣のマンションの壁が触れるのはよく見かける状態だった。

その踊り場からは、隣接するマンションの4階の一室のベランダが見える。非常階段の手摺りから向かいのベランダまで、距離にして1メートルくらいだろうか。

早朝の薄明かりの中、ヨシはそのベランダの隅で一瞬何かが動いたのに気がついたのだ。

「そこにいるのは、誰だ!?」

突然、ヨシは大きな声で叫んだ。すると、白いTシャツに青色トランクス姿の30歳くらいの男がおずおずと立ち上がった。

ヨシの中では確信的だった。この男は、強制わいせつ事件の犯人だ。

ヨシは「君はそこの部屋の住人じゃないね？」と男に問いただした。男は黙ったまま頷いた。「何でそんなところに隠れているんだ」ヨシが厳しく問うと、男は観念したようにうなだれ、自供した。

その後の取り調べで分かったことだが、犯人は夜中に自室でお酒を飲んでいたところ、ムラムラしてきてしまい、隣に住む女性の顔を思い出したのだそうだ。ベランダから身を乗り出して隣を覗くと、窓の鍵が開いており、カーテンの隙間からベッドで寝ている女性の姿が見えたと言う。夢中になって隣のベランダに飛び移り、室内に侵入して寝ている女性に覆いかぶさった。目を覚ました女性が大声をあげて抵抗したため、犯人は慌てて玄関から裸足のまま逃げたのだ。

この時の犯人の失敗は、自宅の玄関の鍵をかけたまま犯行に及んだことだった。衝動的な犯行ほど、そんなことを考える余裕は無かったのだろう。自宅玄関の鍵をかけたままベランダから侵入したため、犯行後自宅の玄関に逃げ込むこともできず、仕方なく非常階段へ。Tシャツにトランクス姿なのでマンションの外に逃げるのも目立ってしまう。非常階段を上ろうとしたところ、女性の叫び声を聞いた5階の住人が玄関から出てきたため、逃げ場を失った犯人は咄嗟に隣のマンションに飛び移ったのだそうだ。

足を滑らせたら怪我では済まない。約20メートル下の地面へ真っ逆さまだ。しかし、そんなことを考える冷静さは最初から失っていたのだ。

犯人のもう一つの失敗は、飛び移った先がベランダだったことだ。何とかこの部屋の住人が起き出してしまう前に、ほとぼりが冷めた頃を見計らって再び自宅のあるマンションに飛び移り、ベランダ伝いに自室へ戻るつもりであったが、隠れているところをヨシに見つかってしまったというわけだ。

男は、逃げ込んだマンションへの住居侵入の罪で現行犯逮捕され、その後の取り調べで今回被害に遭った女性に対する強制わいせつの罪で再逮捕された。

僕は、今回の活躍により〝何とか〟賞なる表彰を受けたが、それが何なのかよく分からない。しかし、ヨシは僕が表彰されたことがとても嬉しかったようで、「トイト、よく頑張ったな！」と言って何度も頭がクシャクシャになるまで撫でてくれ、普段食べられないようなステーキまでご馳走してくれたのだった。

引退

あのお手柄の日からさらに1年が過ぎた。僕は11歳。人間に換算すれば、60歳を過ぎているらしい。人間の世界では、〝定年退職〟というものがあるらしいが、僕たち警察犬にはそんなものは無い。ただ、年齢を重ねるにつれ、体力が衰え、嗅覚をはじめとする感覚も鈍くなってくる。そこで、ハンドラーが現場活動に支障があると判断すれば、「引退」となって余生を訓練所で送ることとなるわけだ。

僕も例に漏れず加齢と共に病気がちとなり、左後脚の肉球にできた腫物が痛んで歩くのも億劫になってしまった。ヨシはそんな僕にパット付きの靴下を用意してくれた。確かにこれを履くと痛みは軽減されるが、僕はどうもこの靴下というものが苦手だ。違和感があってすぐに脱いでしまうのだ。

それでもヨシは根気強く僕に靴下を履かせ、散歩に連れ出してくれた。前みたいに思いっきり走り回ることはもうできないけど、数えきれないほど一緒に走ったこの土手道で、臨場が無い日の夕方はいつも一緒に歩いた。

ヨシには、〝新しい相棒〟の「ホス」が付いて、一緒に訓練をしている。犬舎の格子から見える訓練場で、今日もヨシはホスと一緒に元気に走り回っている。何だかヤキモチ妬いちゃうな。

ホスはとても優秀で、将来有望な警察犬なのだそうだ。イシさんと僕がヨシに教えた訓練が、ホスに継承されているのを見ると、ヤキモチと同時に、ホッと一安心な気持ちにもなる。

ヨシは、ホスの訓練が終わると、必ず僕に靴下を履かせて犬舎から出してくれた。ホスはまだ若い。２歳くらいだろうか。まだヤンチャな年頃だ。それでも、僕が犬舎から出ると、ホスは真っ先に僕のところへ駆け寄り挨拶してくれる。そしてヨシを挟むようにしてヨシの左右に並び、ゆっくり訓練場の中を歩いたり、地面に座ったヨシの周りを僕とホスはグルグル鬼ごっこした。

足の裏の腫物は相変わらず痛いが、ヨシの近くにいられるだけで僕は幸せだった。

別れ

足の裏の腫物が良くならないまま、冬になった。左後脚を庇いながら歩いていたせいで、腰の痛みが増してひとりでは歩けなくなってしまった。足の先まで力が入らず、足の裏で地面を蹴って進むことができない。

腰から下の〝大きなお荷物〟を抱えてしまった僕のために、ヨシはバスタオルを使った手作りのハーネスで抱え上げて散歩に連れ出してくれた。

僕たち4足歩行の動物にとって歩けないということは、野生では即「死」をしまうからだ。

意味する。獲物を獲れなくなって餓死するか、もしくは他の動物に捕食されて

僕は歩けなくなって以来、日に日に近づいてくるのを実感している「死」について考えた。死ぬこととは、どういうことなんだろうか。歩けなくなって本来なら死んでしまう運命の僕だが、今、こうやってヨシの世話になって生きている意味は何なのだろうか。生かされている意味が分からないまま死を待つことに、幸せはあるのだろうか。

ただ、ひとつ言えることは、いつまでもヨシの傍にいたいということだった。そうか、僕はヨシの傍にいるために今生きているんだ。次第に前脚の力も弱くなり、立ち上がることさえ困難になっても、ヨシは毎日僕の手足をマッサージしてくれた。

ウンチも上手にできなくなって、お尻の周りを汚してしまっても、ヨシをはじめ訓練所のみんなは嫌な顔ひとつせずキレイに洗ってくれた。

僕たち警察犬は、立場上〝備品〟の扱いだ。使えなくなった備品は、捨てられる運命にある。しかし、僕たち警察犬は、こんなにも愛され、大切にされる。

命の火が消える瞬間まで。

　現役を引退して、歩けなくなった今となっては犯罪捜査には役立てなくても、今日までの警察犬としての功績を讃えられ、一緒に戦い、成長してきたヨシをはじめ、訓練所の係員みんなから最期の瞬間まで〝戦友〟としてリスペクトされる。これ以上の幸せはあるだろうか。


　そしてイシさん、僕を警視庁警察犬の仲間として訓練所に連れてきてくれてありがとう。あなたの訓練のおかげで「警察犬」として毎日が刺激的で退屈する日なんてなかった。そしてヨシに出会わせてくれてありがとう。

　ヨシとペアを組むことになってイシさんと交わした約束。イシさんは定年退職してしまったけど、今のヨシの姿を見て何と言うかな。約束は果たせたかな？

　ひとつひとつの思い出を思い出していたら、あと何年こうして寝そべっていなくちゃならないんだろうかと言うくらい、ヨシとの思い出がたくさん詰まった半生だった。

ヨシが帰った後の犬舎で、僕はひとりそんなことを考えながら思い出に耽っていた。

いつの間に眠ってしまったんだろうか。訓練所での記憶を思い出しながら、夢の中で僕はヨシと一緒に土手道を走っていた。

久しぶりの感覚だ。あんなに痛くて重かった後脚は、ウソのように軽く、どこまでも走れそうだった。見上げると、ヨシの笑顔があった。

朝の涼しい風が、ヨシの気配を運んでくる。鼻はすっかり乾いてしまったが、匂いがわからなくてもヨシが出勤してきたことは分かった。

さっきまで夢の中で走っていたせいか、少し疲れたみたいだ。

目が開かない。呼吸が苦しい。

夜勤明けの係員がヨシに報告する声が聞こえる。「朝の排便の時から呼吸が荒くなって、目も開かない状態。昨日から水も飲めていないみたいだな」

ヨシが犬舎に入ってきた。僕の横に座って頭を抱えてくれた。

「トイト、おはよう」

　耳元でそう言ったかと思うと、ヨシは声を殺して泣き出してしまった。ヨシに抱き抱えられたまま、僕は再び夢を見ていた。土手の斜面に寝転がって、空を見上げていた。土手道を走った後は、よくこの斜面で休憩した。空にはうろこ雲が広がっている。この雲の時はこれから天気が悪くなるんだよね。ヨシが教えてくれた言葉を思い出した。西の彼方から、雨の匂いが流れてきた。

　雨の匂いかと思ったら、ヨシの涙の匂いだった。泣き虫なんだから。でもヨシは何で泣いてるの？　少し休んだらまた走ろうよ！

　夢なのか、現実なのか意識がはっきりしないまま、僕はヨシに抱えられたまま呼吸を整えようと深呼吸した。

「トイト！」

　ヨシの声が聞こえる。目を開かなくても、ヨシのクシャクシャな泣き顔が見えた。

「ありがとう」

　ヨシの絞り出すような声が聞こえ、そしてもう何も、聞こえなくなった。

ホス

快楽

「いつになったら終わるんだ…」

訓練所のグラウンドをグルグル走りながら相棒のヨシの顔を睨む。

ヨシの悪い癖だ。きっと本人は楽しくてしょうがないんだろう。

オレはヨシと走るよりボールが欲しいだけなんだ。

早く走るのをやめてボールを出してくれ。

そのズボンの左ポケットの膨らみを見ればすぐ分かる。

オレの匂いが付いた大好きな野球ボールだ。

ヨシは性格が悪い。

オレがボール好きなのを知っているくせに、つまらない訓練ばかりやって一向にボールを出してくれない。

はやく、そのボールを出してくれ！　出してくれないならズボンごと咬みちぎってやるぞ！

そんなことを思いながらオレはヨシに歩調を合わせてグラウンドを走った。

それにしてもこのヨシという男は成長過程で横に広がるのを忘れてしまったのか、身長ばかり高くて薄っぺらな体をしている。

このマッチ棒のような体のどこにこんなスタミナが蓄えられているんだろうか。

見るからに心拍数は上がっているのにまだ走り続けている。

半ば呆れ顔でヨシを見上げると、嬉しそうに目を合わせ走るスピードを更に上げたのだった。

この時、オレの中ではどんどんフラストレーションが溜まり、爆発寸前。

もう限界だ！　と思い何度目かの抗議の目を向けた瞬間、ヨシはやっとオレの口にボールを落としてくれた。

オレは訓練終了の合図だと勝手に判断し、ボールを咥えたままヨシの手の届かない場所まで距離を取った。

そして、地面に伏せてボールを片手で抑えると必死になって喰らいついたのだった。

軟式野球のボールはオレにとって最高のおもちゃだった。

このサイズ、硬さ、程よい弾力。どれをとっても完璧な存在だ。

もう誰にも渡さないぞ！　そんなことを思い、ヨダレまみれになったボールに何度も喰らいつきながら恍惚の境地へと没入していくのだった。

しばらくするとヨシの手が伸びてきた。

オレのボールを奪う気だ。そう思ったオレは素早く立ち上がり、ヨシの間合いから逃げるように距離をとった。


極度のストレスに晒されると、脳は精神を崩壊から守るためにエンドルフィンと呼ばれる脳内麻薬を分泌させる。

これは、〝麻薬〟と呼ばれる通り、神経を麻痺させ、感覚を鈍らせ、不安や恐怖などのストレスから解放し、快楽へと導く。

快楽が快楽を呼び、極度の興奮状態へと発展するのだ。

オレはそんな脳内麻薬の存在など知るはずもないのだが、誰が何と言おうとオレはこのボールを咬むという行為によって徐々に興奮度が増し、気持ちよくなれるんだ。誰にも邪魔されたくない。たとえ相棒のヨシだろうと、そこだけは譲れないんだ。

一度快楽を味わうことを学習してしまったら、それを繰り返そうとするのが犬の習性である。

快楽を得るためのトリガーとなるものが何なのか覚えたら、あとはそれを繰り返すのみだ。

犬は〝学習〟が行動の指針となる。「快」は繰り返し、「不快」は避ける。人間よりよっぽど単純で、繊細な生き物なのだ。

そんなわけで困ったことに、オレはボールのこととなると周りが見えなくなるほど執着してしまう。これぱっかりはオレ自身どうすることもできないのだ。ヨシもオレの性癖？　には手を焼いているようだ。

そんなにボールが好きなら、ご褒美として最高じゃないかと思うよね？

確かに、ご褒美にボールをちらつかされたらオレは何だってやるさ。

だけど、オレの場合ただのボール好きとは違うんだ。ボールがヨシのポケットにある時とない時のパフォーマンスは全然変わってしまうし、一度ボールを咬み始めたらとにかく飽きるまで咬まないと気が済まなくなってしまう。中断されるのは嫌だから、取られまいとして逃げ回ってしまうほどだ。

これはそう簡単に治るもんじゃない。


そこでヨシは僕のボール好きのレベルを下げるという謎の訓練を始めた。訓練所にある全てのボールを集め、グラウンドにばら撒く。その中をオレとヨシで脚側行進する。

そんなことされてもオレの〝ボール愛〟が無くなるはずもなく、全くと言っていいほど無駄だった。

無理矢理オレの口からボールをもぎ取ろうとすればするほど、オレはムキになって顎に力を込めた。

ヨシはオレのボールに対する執着に対して色々な策を考え実践したが、どれも効果がなくその後も苦労することとなる。

ボールがあると調子が狂ってしまうため、ヨシは訓練中にボールをちらつかせることをやめた。

ボールが無ければ、オレは訓練に集中できるし、ボールの〝取り合い〟で訓練が中断することもない。

ご褒美がボールじゃなくなり、ひとかけらのジャーキーに変わってしまったのは少し不満だったが、しょうがないと思って諦めた。

ジャーキーなら〝取り合い〟になることもないし、飲み込んでしまえばすぐに訓練が再開できる。ヨシなりに考えた末の最善策だった。

ヨシはオレが不満なのを知ってか、色々な味のジャーキーを用意して、好みのものを食べさせてくれた。

中でも馬肉のジャーキーは最高だった。歯応えも良く、匂いも良い。

ヨシも自分の口に放り込んで、「ウマい!」を連発している。

ほんと、ヨシは変わってるね。オレたちが食べるドッグフードも平気で食べるんだ。ジャーキーはもちろん、缶詰やドライフードに至るまで、必ず〝試食〟するらしい。

この前もドライフードをポリポリ食べながら、

「これ、口の水分全部持っていくね」

なんて言いながら笑ってたんだ。

先輩との別れ

ヨシにはトイトという先輩犬が相棒としているのだが、もう高齢で後ろ脚をいつも引きずっている。

訓練場のグラウンドで訓練をした後、ヨシはいつもトイトを犬舎から出して散歩をさせる。

トイトは見た目がちょっと怖いけど、とても優しくてオレは好きだ。

足が痛そうだからあまり無理はさせられないけど、オレとトイトはグラウンドに出るといつもヨシの周りをグルグル回って遊んだ。

トイトはヨシのことが本当に大好きなんだそうだ。直接聞かなくても顔に書いてあるから分かる。

オレもいつかそんな風にヨシのことを想える日が来るのかな。

ヨシのことは嫌いじゃないけど、クソ真面目な性格が玉に瑕だ。

訓練もいつも同じのばかりで欠伸が出そうになる。

ヨシの頭の中には〝加減〟という言葉がないのだろうか。

訓練の切り上げ時が分かっていないのは、ハンドラーとして致命傷とも言える。

トイトとの経験を経て確かに訓練は上達したのかもしれないけど、ヨシはその辺が〝まだまだ〟なのだ。

ある冬の日、トイトは遂に歩けなくなり、餌も食べられなくなってしまった。

トイトが心配でヨシも訓練に身が入らないようだ。

相棒の具合が悪くても、事件は待ってくれないし、前に進むしかない。そのために訓練所には20頭余りの警察犬が待機しており、24時間365日いつでも臨場要請に応えることができる体制をとっている。トイトの具合が悪くても、ヨシはオレとの訓練を進めなくてはならない。

警察犬係は、3～4名で構成される班が四つあり、順番に当番に就く〝四部制〟となっている。

臨場要請が入れば、通常2名で現場に向かう。昼間は当番以外の勤務員がいるが、夜間は1人が訓練所に居残りとなり、排便の時間（一日数回、決められた時間にトイレに出される）は、残った者が排便作業ほか訓練所の犬の管理をしなければならない。

排便管理は、オレたち警察犬の健康管理の上でとても重要な仕事だ。便の量、硬さ、色などを観察すれば、健康状態を把握することができると言っても過言ではない。

稀に便の中に回虫などの寄生虫が発見されることもあり、体調不良を直接訴えることができないオレたちからすれば、排便で異変に気づいてもらえるかどうかはとても重要だったりするのだ。


オレたち犬が便をするタイミングの多くは、①エサを食べた後、②運動した後、③狭いところから広いところに出た時だ。

そんなわけで、排便の時間はヨシたち勤務員は大忙しだ。

排便所はコンクリートの床と壁で仕切られた小さな部屋が六つあり、一部屋ずつ扉がついている。

各部屋の奥に下水へ流す排水口がついている。

便はバケツやホースの水を使って、下水へ押し流すのだ。

係員は、犬舎から出した犬を排便所へ入れ、便が済んだ犬から犬舎へ戻す。

便の状態を確認しながら水で流し、次の犬を排便所へ出す。

この繰り返しで、便をしたら排便所に掛けてある健康管理表のその犬の名前が書かれた欄に「○」印をつけるのだ。

便の状態が悪かったり、排便所以外の場所で便をしてしまった場合も健康管理表の備考欄に記載し、担当者に申し送られる。

手際よくやったとしても全ての犬の排便作業が終わるまで40〜50分はかかる。慣れていないと、1時間以上かかってしまうこともあり、最後まで待たされていた犬は、我慢できずに犬舎で漏らしてしまったり、目を離した隙に食糞（本能行動の一つと言われ、自分が排泄した便を食べてしまう行動）されてしまうこともある。

そんなわけで、排便管理は一朝一夕でできるものではなく、1人で排便管理ができるようになるまで夜間の居残りもできないのだ。


小雪が舞う寒い日だった。

トイトは朝ヨシが出勤するのを待って旅立った。眠るような最期だった、と後からヨシが言っていた。

翌日、訓練場に祭壇が設けられ、トイトの葬儀が執り行われた。

鑑識課長以下、幹部や大勢の係員に見守られながら、トイトの魂は、焼香の煙と共に天高く昇っていった。

トイトは鑑識課の〝備品〟などではなく、立派な〝鑑識課員〟だった。

葬儀が終わったトイトの亡骸は、板橋区内の『博愛院』という霊園へ運ばれ、火葬の後、同院敷地内に建立された「警察犬慰霊碑」のもとに納骨された。慰霊碑の脇にはそこに眠る歴代の警察犬の名前が刻まれており、その最後尾に真新しい筆跡で「トイト」と刻まれたのだった。


トイトとの別れの後、ヨシはしばらく落ち込んだままだった。

以前からこの日が来ることは覚悟していたはずだった。

しかし、いざ現実にその時が来ると、想像を絶する惜別の思いが津波のように襲ってきたのだった。

「プロ失格だね」

なかなか立ち直れないヨシは、オレの犬舎でしょんぼりうずくまったままひとりごちた。

オレは仕方なくヨシの隣に伏せ、トイトの真似をしてヨシの膝に顎を乗せた。トイトがそうしていたのを前に見たことがあったからだ。

「そうだな、僕にはホスがいるんだよな」

そして、もう大丈夫。ありがとう。と言って立ち上がった。

問題？・行動

警察犬訓練所にいると、いろんな人から相談されることがある、とヨシは言っていた。

この前も土手を走り終わって訓練所へ戻る最中、ポメラニアンを連れたおばさんに声をかけられた。

なんでもこのポメは玄関のチャイムが鳴ると、とにかく吠えて手がつけられないのだそうだ。

「吠え癖」「咬み癖」「引っ張り癖」は三大問題行動と呼ばれ、しつけで悩む多くがこのどれかに当てはまるようだ。

でも、ちょっと待ってくれ。犬代表として言わせてもらえば、吠えたり咬んだりすることは問題行動なんかじゃない。

ただ飼い主が飼い犬を制御できないだけであって、吠える、咬むといった行動は犬本来の自然な行動なのだ。

〝問題行動〟なんて言われたら、あたかもオレたち犬に問題があるように聞こえるじゃないか。

自分の無能を棚に上げて、飼い犬を制御できなくなったから〝問題行動〟と呼んで騒ぐような人間の相手なんかする必要ないよ。

オレは「早く犬舎に戻ろうよ」とヨシに視線を送ったが、ちょっと待ってね、と言ってヨシはお人好しを発揮するのだった。


「そもそも、犬は習慣を好む生き物なんです」

そう言ってヨシは説明を始めた。

決まった時間にエサを欲しがったり、散歩に行きたがったり、散歩で同じルートを歩こうとしたりするのには理由がある。

それは、昔群れで生活していた犬にとって、生存確率を上げるために行動を習慣化させたためだ。

行動を習慣化させることによって、異変に気づきやすくなる。

異変とは、体調の変化だったり、縄張りを侵されることだったり様々だ。

行動の時間や場所、物の配置などを一定にすると、少しズレただけで「何か違う」とすぐに気付くことができる。人間なら「何か」程度だろうが、犬からしてみれば少しのズレに対しても大袈裟なほど反応するのだ。

そのくらい異変に敏感でないと、厳しい自然界では生き残ることができないからだ。

庭で飼っている犬が、いろんな物を拾っては犬小屋の中に隠すシーンをアニメや漫画で見たことがあると思う。

あれはただの収集癖ではなく、庭に起きている異変を排除しているという説がある。

一見するとおもちゃなどの独占欲から犬小屋に持ち帰っているように見えるが、あれは縄張り（庭）を常にクリアにしておくことで、異変に気付きやすくしているのだ。


吠え癖は、異変に気付いたサインと捉えることができる。

犬が吠えるのは、相手の侵入を阻止しようとする『威嚇・警戒』または、外敵の侵入を周りに知らせる『警鐘』の2種類ある。

そしてそれぞれ役目が決まっており、威嚇・警戒をするのは群れのリーダー的存在で、警鐘を鳴らすのは群れの下位の役目だ。

その犬が群れ（家族）の中でどの立ち位置なのかが分かれば、吠えている理由も分かるということだ。

リーダーは群れの先頭に立って外敵から群れを守らなければならない。吠えて威嚇し、それでも退散しない場合は攻撃（咬む）につながっていく。

下位の犬は、自分で戦う力も勇気も無いことを自覚しているため、異変に気づいたら真っ先にリーダーに知らせることが、自分や群れを守るためにできる最善策だと知っているのだ。

そもそも、犬の祖先であるオオカミは「ワン」とは吠えない。喉の奥の方で低く太い声で唸るように吠えるのだ。オオカミが人間と暮らすようになって、狩りで使役したり、番犬に役立たせるために、よく吠える個体が重宝された。

そうして交配を重ね、よく吠えるように改良されてきたのが現代の〝犬〟なのだ。

だから今になって「吠えるな」と言う方が理不尽な話なのである。

リーダーだと思っている犬に対しては、「政権交代」を言い渡し、飼い主が毅然とした態度で自分がリーダーであることを示す必要がある。「お前が戦う必要ないんだよ。下がって見てなさい」と言って、異変に対処すればいい。

下位の犬に対しては、せっかく異変に気付いて知らせてくれているのだから、「うるさい！」ではなく、「知らせてくれてありがとう、もう大丈夫だよ」と言って安心させてやればいいのだ。

吠えさせないのではなく、吠えをコントロールすることが犬にとっても納得のいく折衷案なのである。

犬が吠える時、何に反応しているか観察してみるといい。

玄関のチャイム、電話の音、人の話し声、車や電車の音、人や動物の足音、ドアの開け閉めの音などがきっかけとなっているだろう。

犬は、確かにそれらの音に反応しているのだが、その音に向かって吠えているのではなく、その音の後に起こるであろう異変を予測して警戒したり、警鐘を鳴らしたりしていると言うことなのである。

咬み癖についてもほぼ同様の理由に辿り着く。

何か守る対象があるから戦うのだ。

自分だったり、家族だったり、縄張りだったり、大切な宝物だったり。

リーダーは家族や縄張りを守るために群れを代表して戦う。

下位の犬は異変に気付くとまずは吠えて知らせる。しかし、守ってくれるはずの他の家族やリーダーが守ってくれなければ、意を決して戦う。もちろん、逃げ道があれば逃げ出したいに違いない。

助けも来ない、逃げ道も無い。

そうなったら、残る道は「戦う」一択なのだ。


どんなに小さな犬でも、牙を持った立派な獣である。戦うことを決意した獣は、軟弱な人間より遥かに強い。

外敵が人間だった場合、よほど犬に慣れた人か馬鹿じゃない限り吠える声や牙に恐怖し、退散するだろう。

すると、犬は自分の威嚇によって外敵が逃げていったと理解し、自信をつけることになる。そうなったら、わざわざ吠えてリーダーを呼ぶまでもなく、自分で対処しようとするだろう。

敵を退けたという成功体験はいつかリーダーとしての自覚が芽生えることとなる。

困った時誰も助けてくれなかった。群れを守るリーダーがいないのであれば、自分がなるしかないんだ。

群れで暮らす動物にとって、孤独は死よりも恐ろしい。

なんとかして群れが生き延びる方法を考えなければならない。

それはきっととてもストレスのかかることだろう。

自分だけならまだしも、自分より何倍も大きな人間を守らなければならない。そして群れの下位である人間は残念なほど鈍く、異変に気付く能力に乏しいのだ。

だから、リーダーとなってしまった犬は、群れを守るために孤軍奮闘しなければならず、常に警戒を怠らず、本来なら看過しても問題ないはずの小さな異変にも過剰に反応するようになり、気が立ち、緊張を緩めることができなくなるのだ。

だから、いわゆる問題行動と呼ばれるほとんどが、人間側に問題があったのだ。

話が長くなってしまいましたね、と言ってポメのおばさんと別れ、オレとヨシは訓練所へと急いだのだった。

演　出

警察犬の活動は、事件捜査や行方不明者捜索の他に、広報活動という大事な役目がある。

警察署主催の防犯教室や、地域の行事などに警察犬係にも声がかかり、大勢の前で訓練を披露するのだ。

服従の審査を無事通過したオレとヨシのペアは、広報活動にも参加することになるのだ。

あがり症のヨシはいつも「苦手だ」と言っていた。

時には１００人規模のイベントに参加することもあり、そんな時は決まって浮かない顔をしていた。

事件現場の緊張感とは違った、失敗が許されない妙なプレッシャーが嫌なのだそうだ。

イベントには説明役の主任（警部補）と実演担当と補助の３名体制で参加することが多い。大きなイベントでは係長（警部）以下５名と警察犬２～３頭体制となることもある。

ゴールデンウイークは、新橋にある警察博物館のイベントに参加するのが毎年の通例となっている。

警察博物館のエントランス広場にはセフティコーンで仕切られた10メートル四方のスペースが作られ、その中で訓練を披露する。

本番が始まれば、３６０度ギャラリーに囲まれ、異様な雰囲気になる。

オレとヨシはそこで服従訓練を披露することとなった。

「服従訓練とは、全ての訓練の基礎であり、最も重要な科目です」

自己紹介の後、説明役のヤマさんが服従訓練について話し始める。

いざ訓練が始まれば、ヨシは落ち着きを取り戻し、訓練に集中しているようだ。仕切りギリギリの、ギャラリーの目の前を脚側行進で歩いてみせ、沸かせる余裕もあった。

ヨシの持ち時間はおよそ5分。ヤマさんの説明に合わせて座ったり立ち止まったり走ったり。あっという間に訓練は終わり、ギャラリーの盛大な拍手を受けながら会場を後にし、乗ってきたバンの陰で水を飲む。

「ホス、お疲れ様」

と言ってヨシはオレの背中を優しく撫でてくれた。

広報活動では、服従訓練のほかに捜索の訓練も披露することが多い。薬物や拳銃のダミー（匂いが付着させてあるおもちゃ）を作り、いくつかのカバンの中からダミーが入ったカバンを見つけさせるのだ。

こと薬物捜索の訓練に関して言えば、披露した時に決まって言われることがある。

「犬をクスリ漬けにしている」

「中毒になって早死にする」

「かわいそう」

などなど。

これは大変な誤解なので声を大にして言っておきたい。

オレたち警察犬は、薬物中毒になんかされていない。

オレたちは薬物の〝匂い〟を覚えているだけであって、摂取しているわけではないのだ。

例えば、タバコだって、火をつけない状態の匂いを嗅いでもニコチン中毒にはならない。これと一緒だ。

薬物捜索犬は、薬物の匂いが付着したおもちゃで遊ぶうちに自然とその匂いを覚える。今度はこの覚えた匂いのおもちゃを見えない場所に隠し、〝宝探し〟をさせるのだ。

これに「サガセ」のコマンドをセットで覚えさせ、さらに発見した時のサインを教えれば、薬物捜索犬の完成だ。

訓練は段階的に隠す場所を難しくしたり、匂いを薄いものにしたりして能力を向上させる必要がある。

銃器・薬物捜索についても、服従や足跡追及と同様に試験で合格しなければ現場に出ることはできない。

この試験制度は、客観的にその犬とハンドラーの能力を保証するためであり、公判対策でもある。

公判出廷の命令が出れば、まず聞かれるのがハンドラーのキャリアと警察犬の能力についてだ。

過去の試験の結果を見れば、そのハンドラーが何頭の警察犬を担当したのか、その警察犬がどのくらいの能力があるのかが一目瞭然なのだ。

「ハンドラーは経験豊富です」

「この子はとても賢い警察犬です」

と言われても漠然としすぎて信憑性に欠ける。

公判ではいわゆる〝客観的資料〟が重要なのだ。

新境地

警察犬の使役方法として、足跡追及、臭気選別、銃器・薬物捜索、警戒などが挙げられる。

警察犬を取り巻く情勢は時代とともに刻々と変化し、中でもＤＮＡ鑑定の精度向上に伴い、臭気選別の要請は年間で数件ほどになってしまった。

警察犬の存在意義を示すためにも、数多く臨場し、犯人検挙や捜査資料の発見など、署の要請に結果で応える必要がある（これを「効果」と言う）。

しかし臨場件数をただ増やすだけでは、効果率（臨場件数に対する効果件数の割合）は下がってしまう。

効果率を上げるためには、訓練を重ね、警察犬とハンドラーの能力を上げる必要があるのだ。

そして、既存の使役方法の練度を上げることと並行して、新しい使役方法の研究が喫緊の課題だった。

そんな時、ある事件が起こった。

２００９年1月。

都内某大学構内で教授が殺害されたのだ。そして、現場から犯人が逃走時に残していったと思われる足跡が数十メートルに亘ってあり、それは被害者の血液を踏んでできた〝血の足跡〟だったのだ。

この事件がきっかけで、血液の匂いを探す『血液捜索犬』の構想が始まったのだ。

アスファルトに付着した血液は、時間が経つと酸化して赤黒く変色し、乾燥すると肉眼で探すことは困難であった。

滴下の血痕や、血を踏んだ靴による足跡（血液足跡）などのような顕在血痕（目に見える血痕）であれば、何とか努力すれば人間でも探しながら追及することができる。

しかし、靴の血液も乾燥し、歩いた後でも肉眼では確認できない潜在血痕の場合は、特殊な試薬で地道に探す他ない。

そこで考えついたのが警察犬の嗅覚に頼ることだった。

そもそも、肉食獣である犬は、動物の血の匂いに対して敏感である。

本能をくすぐる匂いに違いない。

やるべきことは、探すべき匂いが血の匂いであることを教え、血痕を発見した時にハンドラーに知らせるサインを決めることだった。


まず、血液捜索犬に抜擢されたのが、〝シャル〟という名前のオスのラブラドール・レトリバーで、ハンドラーは経歴20年以上の大ベテランのクマさんだ。

オレは犬舎の柵の間から、シャルの訓練を見守った。

血液の匂いを移行させたダミー（タオルを巻いて作ったおもちゃ）で遊び、自然と血液の匂いを覚えさせる。

次に、訓練所のグラウンドに血液を垂らし、「サガセ」のコマンドと共に捜索を始める。血液の匂いに反応を示したらすぐに「フセ」を命令し、伏せたらご褒美にボールを与えられるのだ。

これをひたすら繰り返すことで、血液を発見したら伏せて知らせるようになるという仕組みだ。

特定のエリアを効率よく探すために、ハンドラーは捜索紐をうまく捌きつつ捜索範囲を少しずつずらしながら誘導し、漏れのないように探させる必要がある。

そこで、クレバーハンス現象に注意し、補助者は近寄らず、ハンドラーであるクマさんも血痕の場所を知らない状況で訓練を行うのだ。シャルが自力で血痕を発見し、ご褒美をもらうという成功体験を繰り返すことが、訓練を進める上で重要なポイントだった。

シャルはクマさんの訓練のもと、ぐんぐんと頭角を現し、警視庁警察犬史上第一号の血液捜索犬となったのだ。

シャルは完璧に自分がやるべきことを理解し、そして捜索することに喜びを感じていた。

シャルとの訓練を通して血液捜索犬の先駆者となったクマさんは、次代の血液捜索犬育成のために、オレとヨシを抜擢したのだった。

オレはこの時足跡追及の審査に合格し、事件現場への臨場を重ねていた。

訓練に使用する血液は、警察犬係員から採取したものを1回分ずつ小分けにして冷凍保存した。

そして訓練の度に解凍し、スポイトで垂らして使うのだ。

さらに、ヨシは定期的に新しい血液で訓練を行った。冷凍保存することによって血液の成分が変性し、異なる匂いになっている可能性があったためだ。

ヨシは安全ピンの先をライターで炙り、自らの指先に突き刺して血を搾り出していた。

担当でもない他の係員にさせるわけにはいかないと言って、ヨシは週に一回、自分の指先を傷付け、新しい血液で訓練したのだった。

ヨシは絆創膏を巻いた左手の親指を立てて、

「バイ菌入ったら労災になるかな」

とか言いながらオレの目の前に突き出した。

オレは返事をする代わりに突き出された親指をペロッと舐めてやった。

警察犬訓練所は他と比べて怪我の多い部署だそうだ。

エサの準備の時に缶の蓋で指を切ったり、訓練中に犬の牙が当たって切れてしまうこともある。

ところが血液捜索犬訓練中のヨシにとっては絶好のチャンスで、怪我をした同僚の心配をするどころか、「ありがとう」と言いながら滴る血を大事に採取して、すぐに訓練に使うのだった。

ヨシは訓練を通してデータを集め、訓練資料の作成も行った。冷凍保存の血液と、新しい血液での臭気の違いを検証する時は、同じ人物の血液でそれぞれの訓練を行い、オレの反応を観察した。

また、血液型や性別で違いが出るかとか、個人個人で匂いが違うのか検証するために、それぞれの血液からの移行臭を使って臭気選別を行ったりした。

これらの実験結果から、「血液型や性別、新旧によって匂いの違いは確認できないが、いずれも〝血液〟として識別することはできる」との結論に達したのだった。

つまり、血液の臭気による個人識別はできないが、血液を探すことはできるということだ。

その後、ヨシはクマさんの指導のもと、血液捜索の訓練に没頭し、オレは〝発見したら伏せる〟をひたすら繰り返した。

二つの事案

血液捜索犬を育成して気付いたことの一つに、意外と要請件数が多いということが挙げられる。

殺人・強盗・傷害などの事件で、被害者または犯人が怪我を負った場合、血痕を辿って足取りを確認したり、血の付いた凶器を捜索する場面で血液捜索犬は活躍した。

そしてオレとヨシのペアで臨場した血液捜索の現場で、これまでの努力が実を結ぶことになる。

Ｉ署管内、多摩川の河川敷遊歩道で、大量の血痕が発見された。

血痕の近くには、血の付いた文化包丁が落ちており、犬の散歩中に発見した男性が１１０番通報したのだった。

現場には負傷者の姿は無く、傷害事件なのか自傷事案なのか判然としなかった。

すぐさま血液捜索犬の要請がなされ、その日当番勤務だったヨシとヤマさんのコンビで臨場することになった。

大量の血痕があり、負傷者がいないとなると、誰かに連れ去られたか、自分で歩いて行ったか。

いずれにしても、負傷者が移動したのであれば血痕で足取りが追えるはずだ。

消防に搬送履歴を照会しても、付近から負傷者の搬送の事実は確認できなかった。

負傷の部位にもよるが、あれだけの出血があるのだから、無事では済まないはずだ。

野良犬や野良猫の虐待の線も考えられたが、警察は常に最悪の状況を想定して動かなければならない。大量の血痕と刃物が揃っている以上、少なくとも刃物使用の重傷傷害事件を視野に臨場しなければならない。

オレたちが現場に到着すると、署の捜査員による現場保存がなされ、交番勤務員が周辺をくまなく探したところ、河川敷から道路の方へ続く滴下血痕がいくつか発見されていた。

負傷者は、血を流しながら移動していたのだ。

捜査員が付近の聞き込みを行ったが、有力な情報は無く、河川敷はもちろん、住宅街が広がるこの付近には、防犯カメラも設置されていなかった。

交番勤務員が地面に屈みながら苦労して発見してくれた血痕を辿り、包丁のあった場所から約50メートル離れた道路上から、オレたち警察犬チームが引き継いだ。

110番通報から警察犬の要請があり、オレたちが臨場するまで約2時間。人間の視覚に頼った追及ではここまで来れただけでも上出来だった。

ここまで約5～10メートルおきに滴下血痕は発見されており、一体どこまでこの血痕は続くのだろうか。

これまでの訓練の成果を発揮する時がきた。

午前11時。捜索開始。

ヨシとヤマさんは、片側1車線の道路上で捜索する範囲を決め、オレはその中をくまなく探す。血痕を発見したら次の範囲へ進む。特に交差点付近は慎重に捜索し、方向を誤らないようにしなければならない。

梅雨明け間近の晴れた日で、太陽に照らされたアスファルトは徐々に熱され、捜索を拒むかのようだった。

ヨシも自ら地面を触り、アスファルトの熱を確かめる。真夏の炎天下では60～70℃になり、火傷を負ってしまうリスクもある。マンホールなど踏んでしまったら一発で大火傷だ。

場合によっては捜索を打ち切らなくてはならなくなる。

ここからは時間との勝負でもあるのだ。

捜索を始めて間もなく、一つ目の血痕を発見した。

オレは訓練した通りにその場に伏せ、血痕を発見したサインを出す。

「よし！　いいぞ、ホス」

とヨシは言って、鼻先のアスファルトの、約1センチ大の小さな黒ずみを持ってきたチョークで丸く囲んだ。

同行したＩ署の捜査員がロイコマラカイトグリーン試薬で血液反応を確認する。

試薬を垂らした濾紙は瞬時に青緑色に発色した。血液の陽性反応である。

すぐさま次のエリアを捜索する。方向が定まれば、次の交差点までは捜索を省略して時間短縮・体力温存を図った。

気温も徐々に上昇し、オレは10分おきに水を飲み、その度にヨシはオレの足の裏が火傷していないかチェックしてくれた。

捜索を開始して1時間が経過した。

血痕を辿りながらすでに1㎞は進んでいる。

この血痕はどこまで続くのだろうか。

そうこうしている間に、署境まで来てしまったようだ。

署の捜査員が隣接のK署に電話で連絡を取っている。

オレたちは線路沿いの道路にやってきた。相変わらず血痕は約10メートル置きに滴下しており、一体どんな結末になるのか、現場にいる誰もがオレの鼻先に注目している時だった。

I署とK署、2署を跨いだ大捜索は、突然終わることになる。

オレの体力も限界に近づいていた中で、突然血液の匂いが濃くなった。

地面からではなく、近くから血液の匂いが風で運ばれきたのだ。

ふと頭を持ち上げると、道路と線路を隔てる高さ1メートル程のフェンスにベッタリと血が付いているではないか。

オレが気付くのとほぼ同時に、ヨシとヤマさんもこの血痕に気付く。

明らかにこの血痕の持ち主がフェンスを乗り越えた痕跡だった。

フェンスの向こう側は、もちろん線路だ。

ヤマさんはすぐさま「この場所で〝飛び込み〟がなかったか確認して下さい」と署の捜査員に言った。

〝飛び込み〟とはつまり列車への投身自殺のことだ。

捜査員がK署のリモコン（指令台）に問い合わせる。

すると、その日の朝方、この場所で列車の人身事故があり、轢かれた男性は死亡し、所持品も無いため現在も身元不明との回答を得た。


I署の河川敷の血痕事案と、隣接のK署の列車飛び込み事案という全く別の事案が、〝血〟という線で結ばれたのだった。


同日中に、I署管内から行方不明者の届出があったことが判明した。

自殺を仄めかす遺書を残し、早朝から自宅を出た50代の男性。台所から包丁が無くなっていた。心配した同居する両親が届け出たのだった。

白昼の大捜索の記憶が新しい捜査員はすぐさまK署に連絡し、遺体と両親の対面の結果、遺体の身元が判明したのだった。

血液捜索犬の活躍により、謎の血痕事案と隣接署の身元不明者による列車飛び込み事案の両方を解決に導いたのだ。

事の真相は本人に聞かないと分からないが、人目のつかない河川敷で自宅から持ち出した包丁を使って割腹自殺しようとしたが死にきれず、付近を徘徊した後に線路に行き着いた男性は、最後の力を振り絞ってフェンスを乗り越え、迫ってくる電車に身を投じたのだろう。

オレはこの活躍により、後日I署からわざわざ呼ばれ、ヨシと共に署長から賞状を受け取った。

努力が実ってヨシも嬉しそうだ。オレもヨシのそんな姿を見ながら誇らしい気持ちになった。

ボディチェック

I署の血液捜索事案では、真夏ではないにしろ、梅雨明け前の晴天でアスファルトはかなり熱くなっていた。

オレたち犬は、人間と比べて地面との距離が近く、しかも裸足となると暑さ対策はしっかり行わなければならない。

犬用の靴や靴下も売っているらしいが、オレたちからしてみればなるべく足には何も着けたくない。

足の裏から伝わる情報は多く、それが遮断されてしまうとバランスをはじめとする様々な感覚が鈍ってしまうし、いかにフィットした靴であろうと、グリップの感覚が鈍れば運動レベルは半減してしまうのだ。

履き続けて慣れれば多少まともに動けるようになるだろうが、怪我のリスクを取るか、運動性能を取るか、究極の選択となる。

あの現場以来、ヨシは犬用靴の必要性を感じ、色々買い集めてオレの足で試した。

　メーカーによって硬さやフィット感が違い、なかなか一つには絞りきれなかった。ヨシには悪いがオレはやっぱり裸足が良かった。

　この、地に足が着いていない何とも言えない不快感は慣れるまで時間もかかりそうだし、靴が気になって捜索活動に支障をきたすことが考えられた。


　犬の怪我の中で最も多いのは、皮膚の問題だと言われている。

　その中でも足の裏、つまり肉球や指の間で発生するものが多いのだ。

　オレたち犬は普段裸足で生活しているから当然だろう。だけど、足の裏のケアをきちんとしてくれるパートナーは少ない。

　警察犬に限らず、家庭犬でも同様だ。

　犬が散歩中に足を引きずっていたり、地面に足を着けたがらない場合、真っ先に疑うのは関節や腱の損傷ではなく、足の裏の問題だ。

　肉球に棘やガラスが刺さっていないか、肉球が割れたり擦れたりして出血していないか、指の間が膿んでいないか、まずはよく見るべきだ。

犬自身も、足の裏の異常には敏感で、必要以上に舐めたりしていれば異常を知らせるサインだと思っていい。

ヨシはトイトで経験済みだったので、よくオレの足の裏を気にしてくれた。トイトは足の裏に腫れ物ができたせいで足を地面に着けることを嫌がり、庇って歩くうちに股関節をおかしくしてしまった。

最後は神経症状が現れ、後ろ脚はほぼ麻痺してしまい、歩けなくなってしまったのだ。

ヨシが麻痺の現れに気付いたのは、トイトが自分の脚を咬んでいたのを発見したからだった。感覚が麻痺し、自分の脚のはずなのに思うように動かないもどかしさもあっただろう。咬み続けて血が滲んでも、痛くも痒くもないその脚は、お尻から生えた棒切れのようで邪魔だったに違いない。

とにかくいつか感覚が戻るんじゃないかと一生懸命咬んで刺激していたようにも見えた。

足の裏の異常を見る方法として、目視で確認する他に、爪を見る方法もある。犬は歩く時爪先立ちのようにして歩く。そして爪で地面を引っ掻くようにして前進するのだ。

だから、屋外で生活する犬は特に、普段の散歩をするだけで自然と爪が削られ、伸び過ぎることはない。

つまり、運動量が落ちたサインとして爪の伸び具合を見ればいいわけだ。運動量が落ちる、つまり、体のどこかに異変が起きている証拠になるのだ。

犬の運動量が落ちる原因として最も多いのが脚（特に脚の裏）の問題だということである。

生まれつきベタ脚気味の個体もあり、爪が伸びやすい脚の形状もある。

しかし、走る時は流石に爪で地面を搔いて前進し、肉球のグリップでブレーキや方向転換をする。

犬が犬らしく走りまわるためには、脚のケアはとても重要なポイントなのだ。

ヨシは訓練が終わった後や現場から戻った時には、決まってオレが犬舎に入る前に〝ボディチェック〟を行うのだった。

ヨシは毎日のようにオレの体を触って異常の有無を確認し、毎週のようにシャンプーをしながら、オレが恥ずかしくなるほど尻尾の先から鼻の先までくまなく観察するのだった。

一度、あまりにもジロジロ見るもんだから我慢できずに咄嗟に逃げ出そうとした時、ヨシはオレにヘッドロックをかけて羽交い締めにして押さえ込もうとしたから、必死にもがいて逃げたこともあった。

厄介なのはヨシに悪気が無いことだった。

オレも体のチェックをしてくれるヨシには感謝しているが、度が過ぎるとどうしても逃げたくなってしまう。

そういえばトイトも言ってたな、「ヨシはバカがつくほど正直で、クソがつくほど真面目なんだ」って。

口ほどに物を言うアレ

ヨシはオレと出会った頃はまだ犬のことなんか何も分かっていない素人同然だった。

トイトとの訓練を通して少しは犬のことを学んだようだが、オレから言わせれば〝まだまだ〟だった。

その証拠に、犬のボディランゲージを読む能力が不十分だったのだ。

オレたち犬は、人間のように言葉を交わすことができない代わりに、表情や目の動き、身体、尻尾といった全身を使ってコミュニケーションをとる。

一見不便なように感じるが、実は言葉を交わすよりも速く的確に意思の疎通ができるのだ。

オレたちが交わすこのボディランゲージを理解できれば、お互いの理解も深まり訓練の質も向上するはずである。

ボディランゲージと一言で言っても、なかなか全てを理解するのは人間には難しいだろう。

尻尾の振り方ひとつ取っても奥が深いのだ。

パグのように元々尻尾が短いものや、ドーベルマンやコーギーのように断尾されてしまえば、尻尾を観察するのは難しいのだが、犬にとって尻尾は「口ほどに物を言う」存在なのだ。

犬をよく知らない人間は、尻尾を振っていれば犬が喜んでいると勝手に解釈してしまう。尻尾を振る理由は様々なのだ。

表情や全身を観察して、総合的に判断すべきではあるが、尻尾を観察するときのポイントは、いろんな方向から見るということだ。

横から見た時、尻尾の高さ（角度）に注目する。尻尾の高さは、興奮の度合いとリンクしていると考えていい。

背中から腰の高さをゼロレベルとして、そこよりも上であれば興奮している。

つまり、興奮の度合いが高まる時と言えば、喜びＭＡＸの時か、極度の緊張状態の時だ。尻尾を硬く上に向け、速く小刻みに振ることが多い。

喜んでいるか緊張しているかは、前後の状況や周りの環境を考えればわかると思う。

緊張状態の犬に手を出すのは気をつけた方がいい。喜んでいると勘違いして手を出して咬まれるケースもあるのだ。

ゼロレベルよりも下に下がる時は、不安や恐怖といったストレスを感じている時だ。

ストレスの度合いが強まるとイライラして怒りやすくなる。

尻尾を股に挟んでいる場合は極度の恐怖を感じている証拠だ。急所である股間や腹部を守る行動と言われている。

この場合も、恐怖で身を固めている時に不用意に手を出すと咬まれてしまう可能性が高い。臆病な犬ほど身を守るためによく吠えたり咬んだりするものなのだ。

ゼロレベル上に尻尾がある場合は、興奮もストレスもない、リラックスした状態と言える。

大好きな家族といる時など、ゼロレベルで左右に大きくゆっくりと尻尾を振っているのを確認できるはずだ。

ゼロレベルは犬種によっても異なる。柴犬などの日本犬の場合、巻尾の犬種が多く、元々上向きに巻いているので緊張状態かどうかの判別は難しい。見た感じの尻尾の硬さで判断はできるが、これは上級者向けだ。

オレたちジャーマン・シェパードは、背中から腰にかけて緩やかに下向きのカーブを描き、骨盤が後傾気味になっているため、尻尾は元々下向きに垂れている。

なので、尻尾の高さに注目する時は、普段の高さと比較してどうなっているかを観察しなければならないのだ。

次に、尻尾を上から観察してみる。

よく見ると、振り方に左右差があるのに気付くはずだ。

お尻側から見て、右に大きく振れている時は、ポジティブな気持ちを表している。

逆に、左に大きく振れている時は、ネガティブな気持ちを表していると言われている。

イタリアの研究チームが実験して、このような結果が出たのだそうだ。

オレたちはわざとそう振っているわけじゃないんだ。気持ちの変化で尻尾は勝手に動いてしまう。

ポーカーフェイスならぬ、ポーカーテイルは、オレたち犬にとっては至難の業なのだ。

この他に犬を観察する上で注目したい部位は、「口」である。

人間は顎が小さく、ぺったんこの顔だが、犬の特徴として挙げられるのが口吻（マズル）なのだ。

パグやブルドッグのように口吻が短い犬種もあれば、オレたちジャーマン・シェパードやドーベルマン、ボルゾイなどのように口吻が長い犬種もある。

日本犬はその中間とも言えるだろうか。

いずれにしても、顔面の筋肉の中でも、口の周りの筋肉はよく動き、観察もしやすい。

そして心の変化にも敏感に反応する部位でもあるのだ。

集中している時や緊張している時は、口角が前にキュッと出て口吻全体の筋肉がこわばっていることがわかる。

逆にリラックスしている時や楽しい気分の時は口角が後に引かれる。

人間でも似たような現象が起こる。

集中力が高まった時、口をすぼめる仕草を見ることがある。また、強がったり嘘をつく時は、緊張して口を尖らせることが多い。

そして楽しい時や笑う時などは口角は自然と横に引かれるだろう。

人間は器用にも〝作り笑い〟という技を持っているらしいが、オレたち犬は感情がそのまま顔に出るのだ。

中でも口角は感情を読むポイントとして最適で、瞬時に相手がリラックスしているのか、緊張しているのかが判断できるのだ。

ボディランゲージはまだまだあるぞ。

頭の位置でも感情を読み取ることができる。

犬と犬が対峙した時、2頭の頭の高さを比べて見るとよく分かる。

これは、体力の比較ではなく、〝精神的優位〟を表すもので、通常この場面でお互いが譲り合うことなくどちらも頭を下げないような状況はなかなか生まれない。

犬は対峙した瞬間にパワーバランスを見極め、無益な争いをしない動物だ。なので、大抵は優位を示した犬に対して、もう片方は頭を低くして敵意がないことをアピールするのだ。

これは体の大きさはあまり関係しない。小さなチワワが、自分の何倍も大きなドーベルマンに対して優位を示し、思い切り背伸びをするような姿を見たことがある。

こうして、ボディランゲージによってコミュニケーションを素早く取ることで、争いを回避したり、良好な関係を構築することができるのだ。

野生では、親犬が子犬に対してボディランゲージを通して群れや家族のルールを教育し、子犬同士だったり、他の群れの仲間と遊びながら社会性を学ぶ。

しかし、人間が犬を飼うようになって犬同士の触れ合いが希薄になると、親から子への教育や、仲間同士による社会化が不十分となる恐れがある。

ここで言う〝社会化〟とは、人間社会または犬社会の環境に慣れ、お互いに暮らしやすい関係を構築することを指す。

社会化の機会を逃してしまった犬は、ボディランゲージを読み取って相手を思いやることが苦手な子になってしまう。

その結果、お散歩中に初見の犬や人を見ると極度に興奮したり、攻撃的になったり、逆に驚いて逃げ出してしまう場合もあるのだ。

犬社会での正しい挨拶は、まずはお互いに観察し、匂いを嗅ぎ、鼻と鼻を突き合わせたり顔を舐めたりと段階を踏んで打ち解けていく。

ちなみに、顔を近付けた時にペロッと舐めるのは、敵意の無い表れで、上下関係の下位が行う動作である。

こうして犬同士は挨拶を通して瞬時に上下関係をつくり、無駄な争いを起こすことなく友好を結ぶのだが、社会化ができていない犬は、挨拶をすっ飛ばして興味がある相手に駆け寄ってしまう。

すると、駆け寄られた方の犬は驚き、攻撃と勘違いして防御態勢をとる可能性が大である。下手をすれば咬みついてしまう恐れもある。

人間だってどこの誰かも分からない人がいきなり駆け寄ってきたらびっくりするだろう。それと一緒だ。

素質

訓練で一番大事なことを話そう。

何かを追いかけるにせよ、何かを探すにせよ、それらの作業は〝芸〟を仕込むのと同じで、コマンドとやるべき動作さえ根気よくきちんと教えられればいずれできるようになる。

訓練の良し悪しは、その犬に合ったやり方と、訓練の効率が見極められるかどうかがハンドラーの腕にかかっていると言うことだ。

犬に合ったやり方、つまり犬の性格を見極めることなのだが、人間同様、個々に性格が異なり、ストレスに強い犬、弱い犬（これを〝硬性〟〝軟性〟と呼ぶそうだ）がいる。

そこを見極め、アメとムチのさじ加減を調節できるかどうかが重要だ。

そして、ハンドラーに必要な素質として、訓練に私情を入れないことが挙げられる。

人間は生きている以上、常に何らかのストレスに晒され、喜怒哀楽の感情の変化は、そのまま訓練に影響を及ぼす。

気分が乗らない時はむしろ訓練しない方がマシだ。

私情を持ち込まれるとオレたちはとってもやりづらくなるんだ。

訓練に集中したいのに、相棒がイライラしてたり、悩み事で上の空だったりすると、そっちが気になって訓練どころではなくなってしまう。

オレたちは、相棒の顔を見れば体調もメンタルの変化もすぐに見破ってしまうのだ。

ヨシも自分で言ってたじゃない。犬は習慣を好む生き物なんだって。

つまり、「いつもと違う」ところは敏感なんだ。

要するに、ハンドラーとして必要なのは、プライベートで何が起ころうとも、訓練の時は常に〝中庸〟であること（偏りが無く中正であること）。

そして視符・声符をはじめとするあらゆるサインは常に一定であることだ。

訓練で重要なのが、〝今〟が訓練中なのか、そうでないのかはっきりさせることだ。

訓練の始め方、終わり方を一貫すること。

オレとヨシの中で作ったルールとして、訓練の始め方は、まず犬舎から出ると排便所に入り、オシッコを済ませると訓練所の前で向き合ってオレは座る。

そしてヨシはオレに素早く首輪を掛ける。

こうすることで、ヨシもオレも「今から訓練開始」の合図になるんだ。

この頃になると、ヨシもハンドラーとして成長しており、訓練の効率を考えてできるようになってきていた。オレの集中力が切れるか切れないかギリギリのところで訓練を切り上げ、モチベーションをコントロールできるようになっていた。

訓練が終わる合図は、「首輪を外してお腹をポン」だ。これによってオレは訓練から解放され、自由に遊べるのだ。

このメリハリがつくようになって、訓練の質も効率も良くなったのだ。

持って生まれた才能を〝素質〟と呼ぶのなら、きっとヨシは素質は無いんだろう。

訓練はいつも的外れで自信も無く応用も利かない素人だった。

しかし、ヨシにはそれらをカバーするだけの愚直さと、簡単には折れない精神的なスタミナを持ち合わせていた。

才能はなくても、人一倍の負けず嫌いが原動力となってヨシを突き動かしていたのだろう。

血液捜索の事案で自信をつけたオレたちは、その後も臨場を続け、多くの事案を解決に導いた。

ヨシの転勤が決まるまで、オレたちのペアは5年間で合計約600件の事件・事案に臨場した。
気がつけば、オレとヨシは最高の〝バディ〟になっていた。

ブラック

上　京

ボクの名前はブラック。

その名の通り黒色のラブラドール・レトリバーだ。

黒いから〝ブラック〟。何というそのまんまな名前なんだ。

この名前はブリーダーのおじさんが、ボクが生まれた時につけてくれた名前なのだ。呼び名というのは不思議なもので、何度も呼ばれているうちに、呼ばれただけで嬉しい気持ちになるんだ。

ボクは兵庫県のブリーダーのもとで生まれ、10ヶ月になるまでそこで過ごした。

ある日、兵庫のボクの家にヨシたちがやってきた。一緒に来たのはクマさんとイサオさんだ。３人は、東京から夜通し車を走らせて、わざわざボクに会いに来てくれたらしい。

滞在時間は2～3時間で、３人は慌ただしく東京へ帰ってしまった。兵庫の家は自然がいっぱいで過ごしやすいから大好きなのだが、なんでもボクは警察犬になるべくして誕生した血統なのだそうだ。

ボクはヨシたちの三度目の来訪の時、一緒に車に乗って東京へ行くことになった。

ボクはこれからヨシの相棒として警察犬として過ごすことになるらしい。

家を離れ、おじさんとお別れするのはちょっと寂しいけど、ヨシと過ごす警察犬としての犬生を考えると、期待と不安で胸がはち切れそうになるのだった。

兵庫の家から東京都板橋区にある警察犬訓練所まで、休憩をとりながら約8時間かけて到着した。ここが、今日から住むボクの新しい家だ。そしてここには20頭近くの仲間たちが住んでいる。

ヨシは、まずは環境に慣れないとね、と言いながら、ボクを連れて訓練所の中を案内してくれた。

犬舎ではさすがに緊張したね。柵越しだけど、犬舎の先輩犬たちはボクのことに興味津々で、しきりに匂いを嗅ごうとするのや、興奮して狂ったように吠え続けるのもいてちょっと怖かった。

ボクはヨシと一緒に歩きながら犬舎の前を通り過ぎる時、一頭一頭匂いを嗅いでもらいながら新入りらしく頭を低くしながら挨拶した。

ヨシは一頭ずつ名前を呼びながら一生懸命ボクに説明してくれたけど、何を言ってるかよく分からなかった。けど、全体を見て思ったのが、ここにいる犬たちは同じ敷地に住んではいるけど、常に壁で仕切られた犬舎にいて触れ合う機会は少ない。一緒に暮らす家族というより、共同生活を送る寮のような環境と言えるかもしれない。

犬舎をまわりながら、一頭のジャーマン・シェパードの前でヨシは足を止めた。

「この子は〝ホス〟だよ。俺の相棒だ」

ヨシは誇らしげにそう言いながらホスに向かって新しい仲間だぞ、とボクを紹介してくれた。ボクはホスに近づき、頭を低くして挨拶を試みた。が、ホスはさっきから尻尾をブンブン振ってヨシの顔しか見ていない。ボクのこと見えてないのかな?

ホス、ちゃんと挨拶しなきゃダメだよ。と言いながらヨシは苦笑い。向かい合ったヨシとホスの間にボクを入れて、ヨシはボクの後ろに隠れるようにしゃがんで

「ボク、ブラックだよ！　よろしくね！」

と変な声で言うのだった。

ホスの視線を遮るようにボクが首を伸ばした時、ホスとパチンと目が合った。ホスはその時初めてボクに気付いたみたいに、少し驚いた様子で目をまん丸くしたけど、すぐに元の顔に戻って手短に〝よろしく〟を言い合った。

その後は、訓練の時も排便の時間も、ボクはホスと一緒に犬舎から出され、荒川の土手を走る時も一緒だった。ホスは先輩らしく、訓練所のことや係員のことを色々教えてくれた。他の犬たちに絡まれそうになった時も、ホスは当然のように間に入ってボクのことを守ってくれたんだ。

遠く離れた兵庫県から上京して心細かったのだが、頼れる兄貴との出会いで

不安は一気に消し飛んだんだ。

　ヨシもボクの不安を一番に理解してくれた。ヨシの生まれ故郷は兵庫県のお隣の鳥取県なんだそうだ。19歳の時、警察犬ハンドラーを夢見て単身上京したのだが、親類も知人もおらず心細い思いをしていたそうだ。

　しかし警察学校ではヨシには父親代わりの教官と、何でも相談できる兄弟のような同期がいて乗り越えられたと言うのだ。

　今日から俺がお前の父親だ。と言いながら胸を張ったヨシの姿を今でも鮮明に覚えている。

ニコニコ

　ヨシはトイトの話をよくしてくれた。

「俺の一番最初の相棒でね、訓練のこと何も分からなかったけど色々教えてくれたんだ」

と言っていつも懐かしそうに遠くを見るのだった。

そこで、トイトとの苦労話や、イシさんという師匠との出会い、ホスや訓練所の他の犬たちとの思い出話などたくさん話してくれた。


この警察犬訓練所では、ハンドラーである係員の転勤や退職のタイミングで、ハンドラーと警察犬のペアが変わることがある。警視庁では階級が上がるか、同階級で満5年を経過すると転勤の命令が出るのだそうだ。そしてそれに伴って欠員が出ると、転属希望者や経験者の中から補充される仕組みなのだ。

ヨシは巡査から巡査部長に階級を上げ、2年間警察署での勤務の後、警察犬係に再び戻ってきたいわゆる〝出戻り組〟なのだ。

ペアが変わると、再びハンドラーは新しく相棒となる犬と信頼関係を築き、一から訓練をしなければならない。トイトがイシさんからヨシに担当が替わったのと同じで、犬は訓練済みでもハンドラーが新米だと、犬に訓練を教えてもらいながら経験を積んでいくという仕組みだ。

ヨシは担当も何頭か経験をして、やっと自分で考えて訓練ができるようになったと言う。しかし訓練には終わりがなく、技術や考え方は常にアップデートしていかなくてはならない、とも言っていた。

そんなわけでこれまでの経験などから、新しく入ったボクの相棒として、ヨシが抜擢されたのだった。

ボクはオスワリくらいは兵庫のおじさんから教えてもらったけど、他は全くと言っていいほど何もできない。できるとすればおじさんが投げたボールを取ってくることくらいだ。おじさんはブリーダー（繁殖者）であってハンドラー（訓練士）ではない。

警察犬にするために、賢くて体の丈夫な犬を繁殖するのがブリーダーの役目で、「訓練のことは分からない。あとは君たちにお任せするよ」と言っておじさんはヨシたちにボクを託したのだった。

そして、ボクの警察犬としての日々が始まった。

まずは基本となる服従訓練だ。現場に出るために行われる試験の種目のうち、ヨシが最もこだわっていたのが服従訓練だ。これは訓練の〝上手い〟〝下手〟

が分かるだけでなく、ハンドラーと犬の絆が試されると言っても過言ではない。

ただ命令に従って座ったり伏せたりするだけでは、本当の服従とは呼べない。犬がいかに喜求的に作業をこなせるか、積極的にハンドラーの意思を読もうと頭を働かせることができるかが大きな鍵となっている。

ヨシがまず訓練の第一歩として始めたのが、脚側行進だった。ヨシは最初、ほんの1メートルでもついて歩くことができたら大袈裟なほど褒めた。そのくらいできるよって思ったけど、ヨシは毎回ボクが恥ずかしくなるほどバカみたいに褒めたのだった。

ヨシは一体何が楽しいのか知らないが、ボクと歩く時はずっと気味が悪いほどニコニコしていて、いつの間にかボクまで楽しい気分にさせられていた。

今思えばこれはヨシの作戦だったのかな？　ヨシがいつもニコニコしてるもんだから、ヨシといると何か楽しいことが起こりそうな予感がしてワクワクしたんだ。そしていつもヨシの隣に居たいと思うようになったんだ。

ヨシとの脚側行進は徐々に距離が伸び、10メートル、20メートル、気がついたら荒川河川敷の土手道を走る時もピッタリとくっついて走るようになっていた。その距離約8キロメートル！　戸田橋と笹目橋の間を、橋を渡って一周する間、ヨシとボクはたまにアイコンタクトを取り、お互いニコニコ笑いながら走った。きっとすれ違う人たちは変な2人だと思ったことだろう。

ヨシとボクは試験に必要なフセとかマテとかの訓練をせず、周りの心配をよそに訓練所の中や外を歩いたり走ったりばかりしていた。そしてヨシが行くところにはボクはいつもついて行った。事務所の中でデスクワークをするときも、会議でみんなが集まる時も、いつもボクはヨシの椅子の下に伏せて黙って待っていたのだ。「フセ」とも、「マテ」とも言われてないけど、きっとヨシはこうして欲しいんだろうなって思ったからそうしてたんだ。案の定、ヨシは「ブラック、フセができるんだな！　えらいぞ！」「マテができたね！」と、喜んで撫でてくれた。そしていつもこんなふうに声をかけてくれたおかげで自然と〝フセ〟も〝マテ〟も覚えることができた。

服従試験にとって最も大事な、〝ハンドラーと犬の信頼関係〟は、もはや完成に近づいていて、試験までの残りの期間で細かい動作を修正するのみだった。

ボクはヨシの顔を見れば何を考えているか分かるし、きっとヨシも同じだったと思う。

マズルポイント

近年、世界各国で爆破テロが発生し、国際的なテロ組織が日本を標的にしているという情報もある。

日本ではオリンピックやサッカー、ラグビーなどのワールドカップ、各国首脳が集まる会議なども開かれ、世界中の人々が日本を訪れる機会も増える。テロ組織からしてみても、自分たちの主張を表明する絶好の機会とも言えるのだ。日本の治安を守る我々は、テロに対する警戒もより一層力を入れなくてはならない。

さらに、厄介なのがこれを模倣する素人の出現である。昨今、インターネットの普及により、手製の銃器や爆弾などが興味本位で意外なほど簡単に作れてしまうのである。

従来の爆破テロは、Ｃ４などの軍用爆薬が主流だった。しかし、最近では殺傷能力が高いＴＡＴＰ（過酸化アセトン）のように、アセトン、過酸化水素水といった、薬局で手に入る原料で簡単に作れてしまう。テロリストから素人まで爆弾を簡単に製造できる時代となってしまったのだ。

日本では、極左集団が暗躍した時代、企業を標的にした爆破テロが発生し、当時作られた爆弾の製造方法や、都市におけるゲリラ戦法などの教本である〝腹腹時計〟も現在ネットオークションなどで買えてしまう。極左の連中も、活動の機会を今も狙っているに違いない。敵は海外だけでなく日本国内にもいるのだ。


服従試験も無事クリアし、ボクらは次の訓練に取り掛かった。ボクらに課せられたミッションは、〝爆発物探知〟だ。

国際的なイベントが多く行われる日本、特に首都である東京はテロリストの恰好の標的である。そんなテロリストから国民を守るために、とても重要なミッションだと言える。そんな重要な任務を任されたヨシとボクは、責任重大だ。ホスから、「ヨシはバカがつくほど正直で、クソがつくほど真面目なんだ」って教わったから、ボクは余計に心配になった。

自分にかけられている期待が大きければ大きいほど、プレッシャーも強く、それを1人で抱え込んでしまわないか。思い詰めたヨシの顔を見るたびにボクは心配になるのだった。

まずは情報収集が必要だ。ヨシはそう言って警備部の知り合いから国際テロのレクチャーを受け、爆発物探知犬の訓練方法については、すでに訓練を開始していた警備部の警備犬チームから学んだり、米軍横田基地のK―9（ケイナイン）部隊で教官を務める日本人のナオさんと連絡をとり、爆発物探知の訓練見学を依頼したのだった。

テロには、第一のテロと第二のテロがある。第一のテロは、一般市民や重要人物が集まるイベント会場などに仕掛け、爆発させる。つまり、一般市民や要人を標的にしたテロだ。第二のテロは、第一のテロ発生を受けて現場に集まった警察などの治安部隊を標的に爆発させるものだ。治安維持という意味では同じ警察内部でも、警備部と刑事部では活動の目的が異なり、今回の爆発物探知犬の存在意義で言えば、テロの発生を未然に防ぐ活動が警備部で、万が一テロが発生した際に、第二のテロから治安部隊の安全を守るのが我々刑事部の役目と言える。

つまり、ヨシとボクは爆破テロが発生した時、真っ先に第二のテロを未然に防ぐために決死の覚悟で臨場しなければならないのだ。ヨシは、危険は承知の上だ。死ぬ時は一緒に死ぬぞ。って、冗談とも取れない真面目な顔で言うのだった。

ヨシは何度か横田基地に赴き、ナオさんから直々に訓練方法のレクチャーを受けた。兵庫に一緒に来てくれていたクマさんやイサオさんも一緒だ。本来なら、ボクも一緒に行って訓練したかったけど、何だかよくわからない〝大人の事情〟とかいうやつで同行できなかった。

ヨシは横田基地から戻ると撮影した訓練風景をテレビに映してボクにも見せ

てくれた。基地には、学校もあれば教会や映画館もある。現場を想定した訓練の環境としては最適だ。基地の犬たちはとても優秀だった。爆薬がどこに隠されていても、ハンドラーの掛け声に合わせて捜索し、見事に発見した。

基地内なら、実際の爆薬を隠すこともできる。それが米軍基地ならではの利点であった。ナオさんは、爆薬が使えなくても、原料となる物質の匂いを覚えれば、爆薬を探すこともできると教えてくれた。普段は原料で訓練して、定期的に本物の爆薬で効果測定をするのだそうだ。

爆薬の原料は、人間にとっては無臭でも、ボクたち犬にとってはそれぞれ異なった匂いがある。まずボクたちは原料となる化学物質を調達し、その匂いをひとつひとつ覚えることから始めた。原料単体では爆発する恐れもなく、保管も容易なのだそうだ。

ヨシは原料の物質を濾紙で包んでビンに入れ、サラシの布を小さく切ったものを一緒に入れて移行臭布を作った。これで布に原料の物質の匂いが付くのだそうだ。原料を直接使わずに移行臭布を使う理由は、繰り返し使えることと、誤って舐めたりしても安全なためだ。

そして野球の練習用で売られている穴あきの樹脂製ボールの中に移行臭布を入れて、何度かそのボールで遊べば、いつの間にか爆薬の匂いも覚えられるという仕組みだ。ボクはあっという間にその匂いも覚え、今度は訓練所内のいろんなところに隠された移行臭布を探す訓練に移った。そして効果を確認するために濾紙に包んだ原料を隠して探してみたりもした。

訓練は順調に進んでいるかに思えたが、ヨシとボクは壁にぶち当たることになる。

原料の匂いを覚えて探し出すことはできるが、発見した時のサインに問題があったのだ。爆弾の種類によっては、音や衝撃で起爆するものもある。つまり、発見した時、勢い余ってボクが鼻や手で触れたりした時に起爆してしまう恐れがあるのだ。どんなに危険物だと言われても、ボクにとっては楽しい宝探しであり、見つけた時は嬉しくてつい触っちゃうんだ。

横田基地の犬たちはそんなことしてなかった。発見した時、爆薬の目の前でじっとして爆薬の方をまっすぐ見つめるのだ。

ヨシは再びナオさんに協力を依頼して、訓練方法について相談に乗ってもらうことにした。


一般的な薬物や銃器の捜索では、発見した時のサインとして、アグレッシブとパッシブの2種類がある。アグレッシブは、隠匿されている場所や物を前脚で引っかく動作をしたり、吠えたりして発見を知らせるもので、パッシブは発見した時対象物に触れることなく座ったり伏せたりして発見を知らせる。

爆発物の捜索では後者でのサインが必須である。特に、隠匿されている場所に対し口吻（マズル）を向け、注目することでより正確に爆発物の位置をポイントすることができる。さらに、隠匿場所がいつもボクら犬の鼻が届く高さにあるとは限らない。そんな時、匂いの発生源に対しマズルを向けて注目することで、どこに隠されていても発見を知らせることができるのだ。アグレッシブで訓練すると、引っかいて起爆させる恐れもあるし、手が届かない高さにあると的確に知らせることすらできないのだ。

ナオさんは、犬が爆薬を発見した時に与えるボールなどのご褒美の〝与え方〟がポイントだと教えてくれた。人間は、視野が大体左右180度くらいだが、意外にもボクたち犬は240〜270度と言われているらしい。左右の視界は広いが、上下の視界はさほど広くない。そこで、ハンドラーは犬が匂いに反応して鼻を向けた瞬間、頭の上から対象物に向けてボールを落とす。それを繰り返し行い、徐々に鼻を向けてからボールが落ちてくるまでの時間を延ばしていく。すると、犬は鼻を向けたままボールが落ちてくるのを黙って待っていられるようになるのだそうだ。

ナオさんから訓練方法を教わったヨシは、早速訓練に取り掛かった。ボールを横から投げると、視界の広い犬からはボールを投げるハンドラーの姿や、飛んでくるボールをいち早く捉えてしまい、対象物から目を離してしまう。そうさせないために、ハンドラーは犬の真後ろに立ち、発見した時にすかさず対象物に向かって犬の頭上からボールを落とさなければならない。このボールの与え方だけでもかなりの工夫と細心の注意が必要なのだ。

ヨシは何度もこのボールの与え方の練習を行い、ボクの課題だったパッシブでのサイン、さらには対象物に対してマズルを向け注目する（ヨシはこれを〝マズルポイント〟と名付けた）ことに成功したのだった。

ジレンマ

次に行ったのは、マズルポイントを強化することだった。対象の臭気を知覚したら、すぐに動きを止め、対象物を注視するのだ。

それは、隠匿された場所が常に伏せたり座ったりできる場所とは限らないからだ。足場が不安定だったり、高い位置にある場合、わざわざ伏せたり座ったりする必要もない。

また、自爆テロのように犯人が爆弾を所持して移動している場合、座ったり伏せたりするとポイントすらできない。知覚した時の場所、地面の状況などに合わせた姿勢を犬が自ら判断する。とにかくどんな体勢であっても注視することが重要なのだ。

対象が移動している場合は追従して、知覚したことをハンドラーに知らせる。そういった場合は、いつ起爆ボタンを押されるか分からないため、すぐさま制圧して手の自由を奪い、身体捜検（所持品や身につけている物の検査）を行う必要がある。だが、ここは日本。アメリカならば問答無用で手錠をかけてしまうところだが、日本では職務質問や身体捜検は任意捜査であり、相手の同意を得る必要がある。さらに、警察犬が臭気に反応を示したということだけでは、緊急性を認められることは難しく、令状も無く強制的に所持品を確認したり体に触れることは違法捜査と言われる可能性が高い。

つまり、よほどの条件が揃わない限り、自爆テロを未然に防ぐことは現在の日本では不可能に近いのだ。

刑事部警察犬の活躍の場が、第二のテロに限定されるのならば、現場からはすでに一般市民は排除され、現状保存されている場所での活動となるため、自爆テロからの脅威は少ない。が、今後事案によっては警備犬と協力して、第一のテロに対する警戒に従事する可能性は十分にありうる。

そうなった場合は覚悟が必要だ。平和国家と言われる日本でテロが起きないとは言い切れない。いや、むしろ平和ボケした日本こそ、国際テロ組織の恰好の標的となっていることを自覚しなくてはならないはずだ。

上層部は〝爆発物捜索犬を育成しろ〟と簡単に言うが、育成したからには当然現場で使役することになる。テロ発生時のシミュレーションや、実際に使役する場面での犬やハンドラーの安全対策やマニュアルが、全くと言っていいほど末端のハンドラーまで情報共有されていないことに、本当に使役することを考えているのだろうかと疑問に思わざるを得ないのであった。

「やることはやっていた」「想定外だった」

これは、プロとしての自覚が無い者の言い訳に過ぎない。そう言わないために、あらゆる状況、特に想像し得る最悪の状況を想定して、準備をし、訓練を重ねなくてはならない。爆発物を発見できる犬の育成は簡単だ。しかしそれを実際の現場で使えるかが最も重要なのだ。犯人も必死だ。バレないように準備をし、誰にも見つからないように隠し、なんとしても目的を達成させるために、彼らこそ犯行時のシミュレーションを幾度となく繰り返しているはずだ。そんな犯人を相手に、ただ隠された爆弾を探す訓練だけやっていては、太刀打ちできるはずがない。本当にテロから国民を守るためには、もっとやるべきことがたくさんあるのだ。

しかし、組織の一員であるヨシには発言する機会もなく、それでも今できる最大限のパフォーマンスを磨くために、仲間と共に必死になって訓練するしかなかった。

文字通り「命懸け」のミッションのはずなのに、この緩い感覚は一体なんなのだろうか。一体、誰のためにこの訓練をやっているのか。

組織に対する不信、疑問といった、自分の中の揺らしてはならない部分が、グラグラと音を立てて揺れ始めた瞬間、ヨシの心の中で暗雲が生まれ、やがてそれはヨシの心を、体を蝕み始めたのであった。

銃器捜索

ボクは、爆発物捜索という重要な任務と並行して、銃器捜索と呼ばれる、いわゆる拳銃や銃弾、火薬などの捜索訓練も行っていた。

拳銃は近年ではインターネットで手製拳銃の製造方法が検索できたり、３Ｄプリンタで実際に弾丸が発射できる模造拳銃が作れてしまう時代となってしまった。

ボクは爆発物の捜索訓練をやっていたおかげで、探し方や発見時のポイントの仕方など、応用できる部分も多く、捜索すべき匂いを覚えることさえできれば、すぐに試験に挑戦できる状態だった。

銃器捜索において捜索すべき匂いとは、拳銃の手入れ油や錆止めのオイルの匂い、オイルと金属の酸化した匂い、薬きょうや拳銃本体に付着した火薬や硝煙の匂いなどである。

発見時のサインはもちろん〝マズルポイント〟だ。捜索する現場は、一般の家庭から暴力団の組事務所、弾丸や薬きょうの捜索は屋外でも行われた。

捜索意欲をかき立たせるためアグレッシブサインで発見を知らせるように訓練する場合もあるが、ヨシは「そもそも犬が何を探しているか、という認識の違いがある」と言っていた。

つまりどういうことかというと、〝銃器の匂いが付いたおもちゃを探し、それで遊ぶために捜索を行う〟というマインドだと、犬が探しているのはおもちゃそのものなのだ。そのため、何がなんでも隠されている場所からおもちゃを取り出したいと思い、アグレッシブに引っ掻いたりする動作が引き出される。

逆にパッシブサインの場合、隠されているのはおもちゃそのものではなく、〝おもちゃと交換できる何か〟であり、それは遊びの対象ではなくハンドラーに対してポイントさえすれば大好きなボールで遊んでもらえるというマインドで捜索することになる。

最終目的は〝遊ぶ〟ことだが、プロセスの違いでアグレッシブにもパッシブにもなり得るのだ。

大切なのは探す行為自体を楽しむことと、その後のハンドラーとの〝遊び〟への期待値であり、いかにモチベーションを落とさずに捜索を行うことができるかがポイントなのだ。


捜索でのヨシの課題は、先入観を捨てることだった。

ハンドラーの先入観ほど、捜索の邪魔になるものはない。

そう、〝クレバーハンス〟だ。捜索の現場では、ハンドラーによる無用な誘導があってはならない。

ただし、クレバーハンスが全て悪いとも言えない。もしもクレバーハンスを起こし得る感受性の高い犬の場合、それを逆手に取るのも手だ。

あえて直近で被疑者に立ち会わせ、捜索させる。隠匿場所の近くに犬が鼻を近づけた場合、穏やかではいられないはずだ。顔に出さずとも、心拍数は上がり、汗をかき、隠匿場所から目が離せなくなる。

この被疑者の反応は、犬にとっては重大なヒントとなり、発見を助けることに繋がる。さらに、犬だけでなく捜査員たちにとっても大きなヒントになっている。被疑者にとって、犬の嗅覚という未知の存在は脅威であり、犬が鼻を近づけようものなら、咄嗟に話しかけたり動いたりして注意をそらそうとする。捜査員は、犬の動きだけでなく、被疑者の反応も観察し、微小な反応も見逃さないようにしているのだ。

捜索の現場では、犬の嗅覚に全て委ねるのではなく、捜査員はその観察眼で人犬一体となって、隠匿された銃器や薬物などを発見することが重要なのだ。警察犬の姿を見るや、観念して早々に自供する被疑者も少なくない。それほど、犯罪者にとって警察犬の存在は脅威であり、同時に、我々警察からしてもとても大きな期待がかけられているのだ。

爆発物捜索に先立ち、ヨシとボクは銃器捜索の試験に合格し、爆発物捜索の訓練の傍ら、銃器捜索でも活躍した。

捜索は、都内だけにとどまらず、青森県警からも捜査協力依頼が来ることもあり、夜通し車を走らせて日帰りで青森まで行ったこともあった。

あの長旅はボクもきつかったけど、車を運転していたヨシもシバさんもきつかっただろうね。夜中12時過ぎに都内の訓練所を出発し、青森に到着したのは午前8時過ぎ。3箇所の関連現場を捜索し、そのままとんぼ返りで訓練所に戻ってきたのが午後10時だった。

出張となると、人間だけなら移動も電車や飛行機を使えばいいし、ホテルの心配だけすればいいのだが、僕たち犬がいると、エサや排便、寝る場所などの健康管理の心配もしなくてはならない。

それを考えると、移動中にサービスエリアなどで仮眠をとりながら、犬にも排便させせつつ現場へ向かう方が、体はきついが気が楽であった。

ボクも車酔いするタイプではないし、捜索はいつも通りにやればいいから出張は嫌いじゃなかった。

訓練と実際の現場の違いは、初めての場所で、嗅ぎ慣れない人や物の匂いといった環境の中で捜索することで、そこでいつも通りのパフォーマンスが出せるかが鍵であった。そのために、訓練も現場を想定して様々な場所を借りて捜索したり、警察犬係員以外の人たちに立ち会ってもらうなどの工夫が必要だった。

訓練の甲斐あってボクたちは銃器捜索の現場で拳銃を発見することができた。暴力団組員の自宅アパートでの捜索で、通気孔の中に隠された拳銃を発見したのだ。立会人である被疑者は、壁に背を向けてボクが捜索する様子を黙って見ていたのだが、その場から動こうとしない被疑者に捜査員も、ヨシも疑問に思ったそうだ。

そう、被疑者は無意識に捜索を妨害しようと隠匿場所の前に立ちはだかっていたのだが、それがむしろ隠匿場所を示す行為となっていることに気づいていなかった。ヨシは被疑者に対してその場を退くように指示し、被疑者が立っていた場所を入念に捜索したのだ。

ボクもヨシが示した場所を丁寧に嗅いでいき、ある一点でボクは動きを止めた。壁に取り付けられた通気孔だ。

通気孔の蓋は簡単に外れ、ポッカリと黒い穴が出現した。外壁との隙間は約10㎝あり、その先、外壁側は虫などが入り込まないようにフィルターが貼り付けてある。

　この、通気孔の外壁との隙間に、油紙で包まれた拳銃と銃弾が発見されたのだ。

スキャンとサーチ

銃器捜索と爆発物捜索。この二つの大きな違いは、捜索範囲の広さにあった。銃器捜索の場合、捜索令状を元に実施する。つまりあらかじめ決められた部屋や建物の狭い範囲を捜索する。また、発射された銃弾やその薬きょうの捜索は、大体の方向と範囲が絞られている現場が多いのだ。

　それと比べて、爆発物捜索の場合、捜索するエリアは決められてはいるが、捜索すべき範囲が広く、活動する時間も長時間となることが多い。範囲が広いことの何が問題かというと、ボクら犬のスタミナの問題があるのだ。

　狭い範囲であれば、隅から隅まで嗅いでもそんなに疲れることはないが、同じペースで広範囲を捜索するのはかなりハードだ。さらに、爆発物捜索の場合、いつ起爆するか分からないというプレッシャーも伴う。そこが、銃器捜索とは違って危険と隣り合わせという点が大きく違うのだ。

そこでヨシは、横田基地のナオさんに知恵を借りることにした。

ナオさんは、「スキャンとサーチの違いが分かるかな？」と言って実際に軍用犬を使って説明してくれた。

実際の現場を想定して、基地内の学校に爆発物を隠匿した。学校の端にある教室でナオさんは、「スキャン」と小さく呟いて犬を解放した。決して狭いとは言えない教室で、僅か1分で、廊下に待っているナオさんの元に戻ってきたのだ。次々に教室を捜索し、廊下の突き当たりにある生徒の個人ロッカーの付近で軍用犬は明らかに違う反応を示した。すかさずナオさんは「サーチ！」と命令。ロッカーを端から順に丁寧に嗅いでいき、ある一つのロッカーの前で軍用犬は静かに伏せ、扉の通気用の隙間を注視したのだった。

——発見。

あまりの手際の良さにため息が漏れた。

校舎の1フロアーを捜索して爆発物を発見するまで、10分足らずだった。

まず、「スキャン」では、ハンドラーが持つ捜索紐の範囲を自由に探させる。犬は、走りながらでも呼吸と同時に匂いを嗅ぐことができる動物だ。爆発物の捜索は、時間との勝負とも言える。いつ爆発するか分からない爆弾を、起爆前に発見し、無力化しなければ意味がない。発見できても、爆発してしまえば意味がないのだ。

爆発物捜索はスピードが命。犬を走らせながら、捜索紐の範囲内に〝爆発物があるのか、無いのか〟をまず判断する必要がある。その作業をスピーディーに行えば、犬の体力消耗も最小限に抑えられるし、1箇所に無駄に時間をかけずに済む。この、短時間に嗅いでエリア内の爆発物の有無を判断することを、〝ざっと見渡す〟という意味で「スキャン」と名付けたのだった。

そして、スキャンによって犬が反応を示した場合、すぐさま探し方を〝しっかり探す〟「サーチ」に切り替えるのだ。これによって捜索の時間も、犬のスタミナも無駄を省くことができ、迅速に爆発物を発見することができる。

そのためにも、「スキャン」の時の犬の反応を見落とさないように、ハンドラーはしっかりと観察する必要がある。僅かな反応を見落とし、エリアを移ってしまったら最後、作戦は失敗となるのだ。

心理戦

横田基地での訓練見学を通して、爆発物捜索の心構えと難しさを学んだヨシは、〝現場で使える〟爆発物捜索犬を育成するんだとさらに訓練に没頭したのだった。

ボクも、ヨシの熱量に負けないように、精一杯訓練に臨んだんだ。

爆発物捜索で重要なのは、スピードと正確さだ。探すべき匂いを覚えたら、次はひたすら「速く、正確に」発見できるように訓練が続いた。訓練所のグラウンドに、アタッシュケースをいくつも並べ、その一つに爆発物を隠匿する。アタッシュケースには、肉眼では分からないほどの隙間が、蝶番や蓋に存在し、そこから匂いを嗅ぐことができる。相手は爆発物。慎重に、蹴飛ばさないように、そして鼻をギリギリまで近づけて、決して鼻で触れないように注意しながら匂いを嗅ぐ。

ちょっとした音や振動で起爆する可能性もあるのだ。訓練と言えども常に緊張感を持ってやらなければ、実際の現場で命取りになるのは明らかだ。

ボクはそのことを理解するのに時間がかかった。探すのは楽しいし、見つけた時のご褒美は嬉しくて待ちきれないからつい興奮しちゃうんだ。

言葉でどんなに危険だと言われても、それを理解するのは難しく、どうすることが正解なのか分からず混乱し、ヨシもどう伝えたらいいのか分からず途方に暮れていた。言葉が通じないって本当に不便だね。顔を見れば感情は読めても、言葉を理解するのは本当に難しいんだ。

ボクはヨシが何を伝えようとしているのか、一生懸命読み取ろうとしたけど、ヨシの反応を見ながらボクの行動が○だったのか、×だったのか、自分で判断するしかなかった。

普段は訓練中、ヨシはいつもニコニコしているけど、今回ばかりはそうもいかず、言葉を言うかわりに全身で（もちろん表情込みで）表現した。

次第に、ボクはヨシが求めるものが何なのか分かってきたんだ。
・アタッシュケースには絶対に触ってはいけない
・発見したら良いと言うまで注目したまま動かない
たったこの二つのことを理解するまで、ずいぶん時間がかかってしまった。

それならそうと早く言ってくれれば良かったのに。なんて思っちゃうけど、仕方ないよね。


そしてもう一つ重要なことを教えてもらった。

正解は一つだけとは限らないということだ。つまり、爆発物は1箇所だけではなく、数箇所に隠されている可能性があるのだ。

通常、爆発物の隠匿にはダミーとメインがある。ダミーを発見し、満足して捜索を別の場所に移した場合に、メインを爆発させるのだ。だから、ダミーは比較的発見しやすい場所に隠し、メインの爆薬は発見しづらい場所に隠すのだ。

これは爆発物に限らず、銃器捜索や薬物捜索でも言える。数カ所に分けて隠すことによって、発見された時の損害を最小限に抑えることができる。

1箇所でも発見されずに現場に残っていたなら、それを元手に取引をやり直すことができるのだ。だから、捜索は一つ見つけて満足せず、決められた範囲を全て捜索し切るまで終わらないのだ。

爆発物捜索の場合も当然同じことが言える。犯人とも心理戦だ。相手の裏をかきながら、お互いのプライドをかけて捜索するのだ。

テロ犯人の目的は、テロの完遂であって、捕まるか捕まらないかは二の次。仮に自分自身が爆死しても、テロが成功すればそれでいいのだ。だから、テロ犯人は、自分の命よりもテロの成功を優先させる。そんな覚悟の犯人相手に、生ぬるい訓練では太刀打ちできないのは当然なのだ。

ヨシは繰り返しそう言って、取り憑かれたように情報収集と訓練に明け暮れた。最近では、ＹｏｕＴｕｂｅやＦａｃｅｂｏｏｋなどで海外の訓練動画がアップされ、それをヒントに訓練方法を工夫することも可能になった。わざわざ現地に行って交渉したり、相手とコミュニケーションをとる必要もなく、最先端の訓練技術を学ぶことができるらしい。ヨシは、休みの日でも海外の動画を見てはホームセンターや１００円ショップで、訓練に使えそうなアイテムを探すのが日課になっていた。

別れ

そんな訓練に没頭する毎日を送っていたある日、突然の告白にボクは耳を疑った。

ヨシの異動が決まったのだ。ボクの犬舎でヨシは、ごめんな、と言いながら無念そうに呟いた。爆発物捜索の訓練はどうなっちゃうの？　ボクは誰と訓練すればいいの？　ヨシはどこへ行っちゃうの？

聞きたいことはたくさんあるのに、ボクはヨシを見つめることしかできなかった。ヨシも、爆発物捜索の訓練がやっと佳境に入ったところで、これからまだまだやるべきことがたくさんある。警察犬係に残って訓練を続けさせて欲しいと、上司に頼んだそうだが、聞き入れてもらうことはできなかったらしい。

ヨシがいなくなったら回らない仕事というものは無い。会社員と職人の違いは、会社員は代わりがきくが、職人は代わりがきかず、その人自身にかかる期待と負担が大きいのが特徴なのだそうだ。公務員の仕事も、会社員と同じく1人が欠けると仕事が回らなくなるということはない。しかし、警察犬のハンドラーは、ボクら生き物を扱うという性質上、誰でもできるというわけでもなく、知識と経験が物を言う〝職人〟に近い職種であると言える。

ヨシ自身、自分より優れたハンドラーがたくさんいることは自覚しているが、出戻りを経て10年近く警察犬に携わってきた知識と経験と誇りがあることは事実であり、警察犬のプロとして誰よりも努力してきたという自負もある。しかし、組織の見解としては、ヨシの存在は例外を認めるほどのものではなかったということだ。

最低でもあと1年でいいから、爆発物捜索の訓練をやり遂げてから転勤したい。学んだノウハウをしっかりと後継者に伝え、再び階級を上げて戻ってきたい。そんな思いも虚しく、転勤の日は刻一刻と近づいてくる。

そんなある日、ヨシの中で燻っていたものが一気に膨らみ、風船が突然割れてしまったような、あるいは心の堤防が決壊してしまうような異様な感覚に襲われ、心と体がバラバラになってしまったような脱力感が全身を支配してしまったのだ。

そしてその後には、抜け殻の様になった体だけが残り、何をするにもうわの空だった。納得いくまでやり遂げられなかった無念、今までやってきたことが何一つ報われなかったという虚無感が津波のように押し寄せ、ヨシは「あぁ。これが鬱ってやつか」と独りごちたのだった。


ボクはヨシの異変にすぐ気づいた。笑顔が消え、何をするにも心ここに在らずの状態だった。ボクの前では無理矢理笑って見せていたけど、それが逆に痛々しかったんだ。

こんな状態で訓練したって、うまくいくはずがない。それはヨシもよく分かっていた。訓練は封印し、ボクとヨシは転勤までの数日間は毎日一緒に河川敷を走った。走っている時だけ、何も考えずにいられる。ボクは走り終えてからもヨシの周りをクルクル回って、お道化てみせたんだ。

ヨシの最後の出勤日がやってきた。ボクはホスと一緒に犬舎からグラウンドに出された。ヨシは一角に腰を下ろし、ボクとホスはひとしきりヨシの周りをグルグル回って鬼ごっこをした後、ヨシの膝に顎を乗せて上目遣いでヨシが口を開くのを待ったのだ。

ヨシは泣いていた。それは、ホスやボクと離れるのが悲しくて泣いているのではないことはすぐに分かった。

納得いくまでやり遂げられなかった。その無念と、不甲斐なさ、悔しさが滲み出ていた。

見方によっては、ワガママで傲慢な姿に見えたかもしれない。組織のルールに抗おうと悪あがきする者は、組織としては不要な人材である。ルールを変えたければ偉くなるしかない。

10年間警察犬に携わって得たものは、何の価値もないプライドと、大人気ない自分勝手な思考だけだった。

こんな不完全燃焼の状態で放り出されては、転勤先でも仕事に身が入らず、周りに迷惑をかけてしまうことは必至であった。

警察犬ハンドラーになるという夢を叶えて、大好きな犬たちに囲まれて通算10年。人生で最も輝いた日々だった。

警察犬ハンドラーとして、そして警察官としての終止符を打とう。誰にも相談することもなく、ヨシは空を見上げて決意を固めたのだった。

ボクはそんなヨシを心配そうに見上げ、何か言わなきゃと思考を巡らせたが、適当な言葉が浮かばなかった。ホスに目をやったけど、ホスも困った顔をしている。

また、会えるよね？　と、ボクはヨシに目で訴えたが、ヨシは黙ったままボクとホスの頭を両腕で抱えて、最後に小さく「またね」と言った。

その「また」が二度と来ないことは、認めたくないけど分かっていた。

警察犬係を去った後は、無闇に訓練所に来てはいけない。暗黙のルールがあることは以前に聞いたことがあったからだ。転勤後は残された警察犬には新しいハンドラーがついて、一から訓練が始まる。信頼関係を築いていかなければならない大事な時期に、以前の担当者が訓練所を出入りしては、訓練の邪魔になってしまう。つい、懐かしさやお節介で顔を出したくなるのだが、そこを我慢して訓練所に近づかないのは、ＯＢとしてのマナーなのだ。

そしてヨシは一度も訓練所に来ることはなかった。

ボクには新しいハンドラーがつき、再び一から訓練が始まったのだ。新しい〝相棒〟とともに訓練を重ねるにつれ、ボクは次第にヨシのことを考えなくなっていった。でもたまに、河川敷に出ると、ヨシと走ったあの日々をふと思い出すのだった。

ヨシは元気にやってるだろうか。ボクがヨシのことを思い出す時、きっとヨシもボクのことを考えているに違いない。

川を渡る風が、このままヨシのところまで流れていくような気がして、ヨシにだけ聞こえるように、短く、小さく遠吠えしたのだった。

あとがき

私が警視庁巡査を拝命したのは平成13年4月のことだった。当時から私は警察犬のハンドラーに憧れ、警察犬係のある刑事部鑑識課に入ることを目標にしていた。

刑事部鑑識課警察犬係は、約4万5千人の警察官を擁する警視庁の中の、わずか30人ほどで構成される少数精鋭部隊で、希望者も多いいわゆる〝狭き門〟をくぐれるのは、本人のやる気と千載一遇のチャンスを摑む強運が必要だった。

警察学校を卒業したら、まずは警察署の交番勤務からだ。私はまず〝やる気〟をアピールすることから始めた。休日や非番で時間を見つけては、差し入れのドリンクを手に警察犬訓練所を訪れ、排便作業の手伝いや訓練の見学をさせてもらった。

いやらしい話、ここで顔を売っておけば、いつか採用してくれるのではという淡い期待を抱いていたことは確かだが、そもそも私は大の犬好きで、とにかく犬と触れ合っていたいという、根っからの〝犬バカ〟が原動力となっていた。

当時世田谷区内の待機寮から、多摩市内の警察犬訓練所まで約1時間かけて足繁く通っていたのだが、遂に訓練所の近く（自転車で10分！）にアパートを借りてしまった。周りの同僚には驚かれたが、当時は「見学に通うのも楽だし、そのうち係に入れたら通勤しやすいでしょ」と、いつ叶うかもわからない夢を、〝いつ叶ってもいいように〟と何の疑いもなく着々と準備を進めていた。今思い返してみれば当時の私の行動力には、感心というか無鉄砲さに唖然とする部分があった。

しかし、チャンスというものは行動する者のもとに転がってくるのだろうか。平成18年の秋、突然刑事部鑑識課警察犬係への異動辞令が舞い込んできたのだ。長年の夢が叶い、私は晴れて警察犬係の一員となったのである。

いや、チャンスが転がってきたのではない。チャンスは平等だ。私が他と違っていたのは、アンテナの精度を磨き続けていたので、迷わず摑み取ることができた。これに尽きると思う。

この物語は、私が新米ハンドラーから独り立ちするまでの成長の記録と、今まで私の〝相棒〟を務めてくれた犬たちへの感謝の気持ちを込めて、そして犬に関わる全ての人たちに届くことを願って執筆した。

歴代〝相棒〟犬のトイト、ヴァルト、スペシャル、ホス、ブラック。その他、訓練所の犬たち、警察犬係の上司、同僚の皆様、私はたくさんの犬たちとたくさんの人たちに支えられて、夢を叶えることができました。本当にありがとうございました。

訓練において、犬の思考を擬人化して考えることはタブーとされるのが常であるが、私は訓練を通して確かに相棒と心が通じ合う感覚を何度も体験したことがある。

犬には表情もあるし、体全体を使って意思表示をしてくる。本作品は、訓練や現場で私が感じた相棒からのメッセージを、犬目線で私なりに脚色してまとめたものだ。本作品に登場する警察犬やハンドラー、事件等は、実話を元にしているが、プライバシー保護の観点から、人物名や時系列など一部編集しているため、一つの読み物として楽しんでいただけたら幸いである。


トイトと過ごした年月は、私にとってかけがえのない時間だった。その後に出会う相棒たちとは、やはり別格なのだ。私にとって初めての相棒。出会いの瞬間から、別れの瞬間まで、私にとってトイトを中心とした生活だったと思う。私が警察犬ハンドラーとして成長する過程も、トイト無くしては語れないのだ。

「あなたの人生で最も影響を与えた人物は？」と聞かれたら、私は迷わず「トイト」と答えてしまうだろう。トイトは〝人物〟じゃないと言うツッコミが聞こえてきそうだが、トイトは警察犬ハンドラーとしても、人間としても私を大きく成長させてくれた最も大きな存在と言えるだろう。

もちろん、その後に出会う相棒たちとの日々も、たくさんの思い出と愛で溢れている。

ホスはトイトとは全く違う性格で、少し気難しいところもあるが、一緒に現場に出た件数で言えば歴代の相棒の中でも圧倒的に多く、苦楽を共にした私の一番の理解者と言えるかもしれない。特に血液捜索での活躍は目を見張るものがあった。

ブラックは、先輩から引き継いだ犬ではなく、訓練が何も入っていない状態でイチから訓練を始めた。それだけ大変さはあったが、我が子を育てるように向き合った。トイトやホスは先輩からの引き継ぎで胸を借りるような存在ではあったが、ブラックはその点自分の訓練次第でモノになるかどうかが決まってしまうというプレッシャーもあった。しかし私の訓練ポリシーである「犬も人も楽しむ訓練」を実現できたのも、ブラックの明るさと健気な姿があったからだ。

爆発物捜索の訓練は最後までやりきることができなかったが、文字通り「命を懸ける」覚悟で臨んだ訓練だっただけに、他の犬たちとは違う愛着があった。

その命懸けの気合いも、結局は私1人の空回りに終わってしまったのだが、その後のブラックの活躍が気になるところだ。


夢を叶えることができる幸せとは、こういうことなのか。これは叶えられた人にしか味わうことができないことだが、同時に、夢の実現に関わってくれた多くの人たちには、本当に感謝の気持ちでいっぱいである。

まずは高校3年の時、大学進学をせず突然警視庁警察官になると言った時、色々言いたいことはあっただろうが黙って背中を押してくれた両親。

単身で上京し、身寄りも無く心細かった警察学校時代、親代わりに叱咤激励してくれた教官・助教、そして兄弟のように団結した教場の仲間たち。

警察署勤務時代、夢の実現のために応援してくれた先輩・上司の皆様。

結婚し、警察官の妻としてたくさんの気苦労があっただろうが、家を守り、陰で支えてくれた妻。

警察犬係員となってからは、自分の時間を割いてまで訓練に付き合っていただいた先輩方。そしてトイトをはじめとする歴代の相棒たち。

私は弱い人間だから、誰かの助け無しには生きられない。ひとりでは夢を叶えることもできない。そんなことは初めから分かっていたことだが、たくさんの〝縁〟を感じながら、10年間も警察犬に携われたことへの感謝の気持ちを込めて、今後は何かの形で恩返しがしたいと願っている。

まず最初に取り掛かったのが、この物語の執筆だった。犬に関わる多くの人や、警察犬に興味を持ってくれている方々に届いてくれたら幸いである。そして、警察犬の素晴らしさ、犬という動物の素晴らしさを改めて共有したいと願う次第である。

令和6年11月吉日

芳村 健二